トリガー
いとうみく
ポプラ社

トリガー

1

踏切《ふみきり》の向こう側を黄色い電車が走っていく。上り線がいって、すぐに下り線がきた。そのあと少し間をおいて銀色の特急が続けざまに通りすぎていった。

警報音《けいほうおん》が止まり、遮断機《しゃだんき》が重たそうにあがっていく。

朝と夕方、つまり登下校の時間帯は電車の本数がやたらと多い。踏切で十分以上足止めをくうのもめずらしくない。それに比《くら》べたら今日はマシなほうだ。

踏切を渡《わた》りながら、隣《となり》に亜沙見《あさみ》がいないことに気付いてふり返った。

「どうしたの？」

踏切の真ん中で立ち止まっている亜沙見に声をかけると、すっと顔を向けた。

「何秒かまえここにいたら、あたし死んでるね」

亜沙見の茶色いやわらかな髪《かみ》が、ふわりとゆれる。

「…あたりまえじゃん、こっぱみじんだよ」

スクールバッグを肩《かた》にかけなおして声をかけると、亜沙見は「だよね」と薄《うす》く笑った。

カンカンカンカン
ひとつ向こうの踏切でまた警報音が鳴り始めた。

「ヘンなこといってないでいくよ」

あたしは亜沙見の手を乱暴《らんぼう》に引いて、踏切を渡った。

「そういえばさ、小河《おがわ》って、三歳《さい》年上の高校生の彼女《かのじょ》と別れたんだって」

「ふーん」

「だいたいさぁ、最初っからつりあってなかったじゃん。小河なんてちょっと背《せ》が高くて、バスケがうまいだけのアホだし。高校生がチュウボーなんかにマジになるわけないよね。

あたしらにしてみたら三歳年下って小五だよ、小五。どう考えたってそんなお子ちゃま、恋愛《れんあい》対象にはなんないよねー。でね、その彼女《かのじょ》に」

あたしはムチャクチャどうでもいい話をだらだらと続け、亜沙見《あさみ》は興味《きょうみ》なさげに相づちを打った。

子守坂《こもりざか》を下る手前の小さな十字路までくると、いつものように立ち止まった。ここからあたしは住宅街《じゅうたくがい》が続く右の道へ、亜沙見はまっすぐ坂を下って駅のほうへいく。

「じゃあね」

軽く手を上げると、亜沙見は「じゃあ」といってゆっくり坂を下っていった。あたしは亜沙見のうしろ姿《すがた》を確認《かくにん》してから踵《きびす》を返した。

ひとりになったとたん、自然と足が速くなる。無意識《むいしき》に亜沙見から離《はな》れよう、距離《きょり》をとろうとしている自分が、ひどくいやらしい人間に思えて気が滅入《めい》る。

亜沙見のことは好きだ。親友なんてことばは、こそばゆくて好きじゃないけれど、ひと言でいうとしたら、やっぱり親友が一番ぴたっとくる。亜沙見は大切な友だちだ。それはうそじゃない。だけどいま、あたしは亜沙見の存在《そんざい》が重い。

角の大きな家の庭からはみだした椎《しい》の木が、ざわざわと葉音をたてる。

あたしは首にまいたマフラーに顔をうずめた。


「ただいま」

午後八時、お母さんが帰ってきた。

「おかえり、洗濯物《せんたくもの》とりこんでおいたよ。ごはんもたけてる」

「おっ、気がきいてる。ありがとう」

お母さんは居間《いま》に一度顔をだしてから、寝室《しんしつ》で部屋着に着替《きが》えてでてきた。冷凍庫《れいとうこ》からタッパーをとりだして電子レンジに入れるとふいにいった。

「音羽《とわ》って、なにか悩《なや》みとかある？」

「なにいきなり」

あたしはソファーに寝《ね》ころんだまま顔を向けた。

「うーん、今日お客さんがそんな話をしてたから、なんとなくね」

お母さんは美容師《びようし》だ。いまはフリー契約《けいやく》で二軒《けん》の美容院で仕事をしている。一軒は新宿にある若《わか》い子がたくさんくるお店で、もう一軒はお母さんの先輩《せんぱい》がやっている地元のおばさん用のお店。お母さんは「おばさん用っていい方なんとかならないの?」ってしぶい顔をするけど、本当のことだから仕方ない。

お客さんの層が違《ちが》えば求められる髪型《かみがた》もサービスも変わってくる。スタイリストとしての技術《ぎじゅつ》はもちろんだけど、施術中《せじゅつちゅう》いかに心地よく過《す》ごしてもらうことができるか、お客さんの思いをきちんと引きだして、それに沿《そ》うようなスタイルに仕上げることができるかが、肝心《かんじん》なんだという。そのために欠かせないのがお客さんとの会話だ。お母さんは、どんな話でも広げられるように、話題に困《こま》らないように、新聞は毎朝一面から全部目を通して、雑誌《ざっし》も週刊誌《しゅうかんし》にファッション誌《し》、婦人誌《ふじんし》はもちろん、話題の本から雑学本《ざつがくぼん》、マンガと手当たりしだい読んでいる。

幼《おさな》いころのあたしは、いつもなにかを読んでいるお母さんって本当に本が好きなんだな、と思っていた。でもいまはわかる。本や雑誌を読むことも、お母さんにとっては仕事の一《いっ》環《かん》なんだ。

で、今日はたしか、おばさん用のお店だった。

おばさん用の店で多い話題は、噂話《うわさ》とだんなさんや親戚《しんせき》関係の愚痴《ぐち》、それから子どものことだったっけ。あたしにとってはどれもあんまりおもしろそうな話じゃない。

「そんな話って?」

あたしがきき返すのと同時に、電子レンジがチンと音を立てた。ハンバーグのいい匂《にお》いがする。「お皿だして」といいながら、お母さんは今朝作ったみそ汁《しる》の鍋《なべ》に火をつけて、冷蔵庫《れいぞうこ》からタッパーに入ったレタスと玉ねぎのサラダをだした。

お母さんは、毎週休みの日に一週間分のおかずを作って冷凍《れいとう》しておく。そうやって作り置きしてあるおかずにサラダを添《そ》えたり、豆腐《とうふ》なんかを合わせれば、数分で立派《りっぱ》な夕食がテーブルに並《なら》ぶ。

「ほら、この間、中学三年生の女の子がビルの屋上から落ちて亡《な》くなった事故《じこ》があったじゃない」

「知ってる、自殺でしょ」

はい、と洋皿を二枚渡《まいわた》した。

お母さんはそれを受けとると、サラダを盛《も》りつけながら顔を動かした。

「一応《いちおう》、事故《じこ》ってことになったみたいだけどね。遺書《いしょ》がなかったから」

「そうなの？」

「そう。はい、これ運んで」

サラダとハンバーグを盛りつけた皿を渡された。あたしがテーブルに並《なら》べている間に、お母さんはみそ汁《しる》とごはんをよそって、冷蔵庫《れいぞうこ》から昨日作った茄子《なす》の煮《に》びたしをだした。

向かい合って座《すわ》り、いただきますと手を合わせる。

「でね、そのお客さんが、子どもが自殺するほど思い悩《なや》んでいるのに、親が気づけないなんてあるのかしらねって。その人、子どもが三人いて一番上の子はもう二十代後半だし、下の子も大学生になったと思うの。いってみれば子育てのベテランよね。彼女《かのじょ》は子どもたちが悩んでいたり、様子がおかしいなってときは、帰ってきたときの顔を見るだけでわかったって。それが母親だっていうのよね」

「すごい自信だね」

「まあね。でも実際《じっさい》三人の子を育ててきたわけだし。それでね、〝一ノ瀬《いちのせ》さんもわかるでしょ〟なんていわれちゃったもんだから」

お母さんはみそ汁のおわんを口に運んだ。

「なんていったの?」

「うーんって、うなった」

「なにそれ」

あたしがハンバーグに箸《はし》をあてながらいうと、お母さんは苦笑した。

「だってお母さん、たぶんわかってないと思うんだよね、音羽《とわ》のこと」

よかった。「なんでもわかるわよ」なんて自信たっぷりにいわれたらたまらない。親でも先生でも、そういうことをしたり顔でいう大人は信用ならない。

子どものことはなんだって知っている? 顔を見ればなにがあったかすぐわかるって?

エスパーかよっ。

「べつに悩《なや》みなんかないよ」

「本当に？」

「ホント。もーお母さんってば疑《うたが》い深すぎ。っていうかあおられすぎ」

「ごめんごめん」

笑いながらハンバーグを口に入れるお母さんを見て、小さく息をついた。

悩みのない中学生なんているんだろうか？

髪型《かみがた》が決まらないことも、お気に入りの靴下《くつした》の片方《かたほう》が見つからないことも、眠《ねむ》たいのに学校にいかなきゃいけないことも、制服《せいふく》がダサいことも、悩みといえば悩みだ。ちょっとかっこいいなって思っていた先輩《せんぱい》に彼女《かのじょ》がいたことだって、英語のミニテストの成績《せいせき》が悪かったことだって、足のサイズがまた大きくなったのに、胸《むね》は小さいままだってことも立派《りっぱ》な悩みのはずだ。母子家庭ってことだって、場合によってはかなりの悩みになるだろうし、将来《しょうらい》のことなんて考えだしたら悩みは際限《さいげん》なく広がっていく。

あたしたちはいつだって悩みごとと共存《きょうぞん》して、なんとか折り合いながら生きている。

亜沙見《あさみ》のことだって……。

だから、悩んでいることがないか、という質問《しつもん》は愚問《ぐもん》でしかない。

きくとしたらこうだ。

――自殺したくなるほど悩んでいることはない？

そういわれたら、あたしはなんて答えるだろう。亜沙見なら、どう答えるんだろう。

◆

居間《いま》からきこえる家電《いえでん》の呼《よ》びだし音で、目が覚めた。部屋のなかは電気がついたままで、枕元《まくらもと》に文庫本がころがっている。

またやった……。

あたしはベッドの中で本を読んでいるうちに眠ってしまうことがよくある。で、朝方、明るくなった部屋に電気が煌々《こうこう》とついていると、妙《みょう》な罪悪感《ざいあくかん》と疲労感《ひろうかん》にさいなまれる。

枕元の目覚まし時計に目をやると、まだ十二時を少しすぎたところだった。ベッドに入ったのは十一時ごろだったから、さほど時間はたっていない。ホッとして電気のリモコンに指をあてたとき、お母さんが入ってきた。

消したばかりの灯《あか》りがまたともる。

「音羽《とわ》」

緊張《きんちょう》したような声に、なにかよくないことでもあったのかとどきりとした。

「どうしたの？」

起き上がると、お母さんは手にしている電話をさしだした。

「亜沙見《あさみ》ちゃんのお母さんから」

えっ？　こんな時間に、家電《いえでん》に、しかも亜沙見からではなく亜沙見のお母さんからの電話なんて、普通《ふつう》じゃない。

息を吸《す》うと胸《むね》の奥《おく》がひゅーっと小さく音を立てた。ゆっくり息を吐《は》きだして受話器を耳にあてた。

「もしもし」

『音羽ちゃん、亜沙見どこへいったか知らない⁉』

上ずっている、というレベルを超《こ》えた叫《さけ》ぶようなおばさんの声が受話器の向こうから響《ひび》く。

「亜沙見どうかしたんですか？」

『まだ帰ってこないの』

「まだって、でも帰りは一緒《いっしょ》に」

『一緒に？　それはいつ？　何時ごろ？　どこまで一緒だったの？』

やつぎ早に投げつけられる問いに、どこから応《こた》えればいいのかわからない。口ごもっていると、お母さんが横に座《すわ》って、あたしの背中《せなか》に腕《うで》をまわした。電話を耳にあてたまま視《し》線《せん》を向けると、大丈夫《だいじょうぶ》？　というようにお母さんの瞳孔《どうこう》がわずかに開いた。

こくんとうなずいて、受話器をにぎりなおした。

「五時ごろだったと思います。子守坂《こもりざか》で別れました」

『……亜沙見、どこかにいくとか、寄《よ》るとかいってなかった？　なにかいつもと様子が違《ちが》ったこととか』

一瞬《いっしゅん》、線路に立ちつくしていた亜沙見《あさみ》の姿《すがた》が脳裏《のうり》をよぎった。でも違う。ああいうことはこれまで何度もあった。今に始まったことじゃない。

「いえ……」

『あの子がいきそうなところでもいいの。心当たりない？　音羽《とわ》ちゃんならあるでしょ、ね、ね』

「でもこんな時間に」

図書館だって、南口のショッピングモールだってとっくに閉《し》まってる。あたしたちがいつもいくようなところは、こんな時間にやってない。やってるとしたら、駅前のコーヒーショップかコンビニ？　でもそんなところにいるとは思えない。学校から一度ももどっていないっていうことは、まだ制服《せいふく》のままってことだ。十二時をすぎている時間に、制服でそんなところにいたら、すぐに補導《ほどう》される。

じゃあどこに？

「ちょっと替《か》わって」

お母さんが受話器をにぎった。

「もしもし東上《とうじょう》さん？　警察《けいさつ》には？」

警察？

あたしはお母さんを見た。

「この時間まで連絡《れんらく》がとれないなんて、事故《じこ》にまきこまれていることだってあるかもしれないじゃないですか。——いえ、でも、大ごとにしたくないのはわかりますけど」

お母さんの眉間《みけん》にしわが寄《よ》る。

枕元《まくらもと》に置いてあるスマホをつかんで指をあてた。亜沙見からはなにも入っていない。電話帳の一番上にある、亜沙見の名前に指をあてる。一回、二回、三回コールしたところで、『ただいま電源《でんげん》が入っていないか、電波の届《とど》かないところに……』というアナウンスが流れた。

留守電《るすでん》には入れず、「連絡ちょうだい」とラインした。

「――え？　あ、ちょっと待ってください」

お母さんがあたしの手元を見た。

「いま亜沙見《あさみ》ちゃんに電話した？」

こくんとうなずくと、お母さんは小さく息をした。

「亜沙見ちゃん、ケータイ、家に置きっぱなしだって」

「……」

学校にケータイを持っていくのは禁止《きんし》だけど、そんな校則《こうそく》を守っている子はほとんどいない。亜沙見だっていつも持ってきているのに。

家に置きっぱなしにしていたのは、偶然《ぐうぜん》？

立ち上がって、ポールハンガーにかけてあるロングのダウンコートをつかんだ。

「音羽《とわ》？」

お母さんが受話器に手をあてた。

「探《さが》しにいく」

「なにいってるの、もう十二時すぎてるのよ」

「でも亜沙見が」

「……」

あたしの腕《うで》を強くにぎったまま、お母さんはもう一度受話器を耳にあてた。

「東上《とうじょう》さん、警察《けいさつ》にはすぐ連絡《れんらく》したほうがいいと思います。まず見つけないと。見つけておうちにつれて帰ることが最優先《さいゆうせん》です。事故《じこ》にまきこまれている可能性《かのうせい》だってありますし、わたしたちもこれから探してみますから」

お母さん!?

「いえ、でも。――わかりました。じゃあ亜沙見ちゃんが見つかったら連絡ください。何時でも構《かま》いません、音羽も心配しているので。こちらからもなにか気づいたことがあったらご連絡します」

電話を切るとお母さんは、あたしの腕からダウンコートをひきぬいてベッドに座《すわ》らせた。

「亜沙見ちゃんのお母さんから、探しにはいかないでくださいっていわれたの」

「なんで？」

「大ごとにしたくないからって」

「そんなこと」

「ううん、それはあると思うの。あんまり周りが騒《さわ》ぐと引っこみもつかなくなるでしょ」

「それって、亜沙見《あさみ》は家出したって、お母さんは思ってるってこと？」

「わからないけど、そのほうがいいなって思ってるわよ」

確《たし》かにそうだ。事故《じこ》だとか事件《じけん》にまきこまれているのかもと考えるより、そう考えたほうがマシだ。少なくとも家出なら、亜沙見が亜沙見の意思でしていることだから。

だけど、なんの準備《じゅんび》もなしに学校の帰りにする？　着替《きが》えも持っていないはずだ。だいたいどこへ？　制服《せいふく》のまま、なにも持たないで家出なんて常識《じょうしき》で考えたらありえない。

……って家出するってこと自体、常識からは外れているのか。

「いま、亜沙見ちゃんのお父さんが探《さが》しにいっているし、それでも見つからなかったら警《けい》察《さつ》に連絡《れんらく》するって。だからあたしたちは騒がないで待とう。ね」

亜沙見……。

ゴオオオと獣《けもの》のような電車の音と警報音《けいほうおん》が頭の奥《おく》で響《ひび》く。亜沙見の茶色いやわらかな髪《かみ》が、線路上でふわりとゆれる。

踏切《ふみきり》の真ん中に立っている亜沙見の姿《すがた》が鮮《あざ》やかにフラッシュバックして、思わずぎゅっと目をつぶった。

「音羽《とわ》？」

お母さんの声に、なんでもない、と二度三度とかぶりをふった。

目が覚めると、カーテンの向こうから光がにじんでいた。頭もからだも重い。

いつの間に寝《ね》てしまったんだろう。覚えているのは二時すぎまでだ。枕《まくら》の下からスマホをだすと、ラインのアイコンに「3」の文字がついている。思わずとび起きてアイコンに指をあてた。

なんだ……。

スマホを持ったまま、ばふっとベッドの上に仰向《あおむ》けになった。数秒間そうしていて、寝《ね》転《ころ》がったままラインをタップした。

8：07　お母さん

《学校には、風邪《かぜ》でお休みするって連絡《れんらく》しました。》

時計を見ると十一時をすぎている。

あたし、学校休んだんだ……。

つぎは9：03　地井真奈美《ちいまなみ》

《風邪だって？　めずらしいね。ゆっくり休むんだよー》

ちいちゃんってば、授業中《じゅぎょうちゅう》なのに。

三件《けん》目は9：43　花田朋子《はなだともこ》

《音羽《とわ》ちゃん、大丈夫《だいじょうぶ》？　おだいじにねー》

そのあとにマスク顔の絵文字が連打してあるのが朋ちゃんらしい。

ゆっくり起き上がってリビングへいくと、テーブルの上にメモ用紙がのっていた。

〈おはよう。

冷蔵庫《れいぞうこ》にチャーハンがあるのでチンして食べてね。

今日は六時に予約が入っているので、少し遅《おそ》くなります。

夜ごはんは冷凍庫《れいとうこ》にカレーがあります。サラダも食べるように！

お母さんより〉

お母さん、何時まで起きていたんだろう。少なくともあたしが起きていたときは、お母さんも起きていたから、ほとんど眠《ねむ》っていないはずだ。それでもいったんだ、仕事。

冷蔵庫からチャーハンの入った皿をとりだして、レンジに入れた。

おなかなんてすいていないと思っていたけれど、香《こう》ばしいチャーハンの匂《にお》いがしてくるとおなかが鳴った。

学校を休んだのはいつ以来だろう。保育園《ほいくえん》のころから、あたしはほとんど休んだことがない。もともとからだは丈夫《じょうぶ》なんだろうけど、多少風邪気味《かぜぎみ》でも、とりあえず学校へいく。そうそう仕事を休めないお母さんは、具合の悪いあたしを家にひとりきりにするのは心配だからといっていた。

もう中二だし、そもそも今日は具合が悪いわけじゃない。お母さんの理屈《りくつ》からいえば、それならひとりでも大丈夫《だいじょうぶ》、ってことなんだろう。

食べ終わった皿を流しにさげて、ソファーに寝転《ねころ》がった。

ポケットからスマホをだした。亜沙見《あさみ》からラインの返信はないし、既読《きどく》もついていない。

「まだ帰っていないんだ」

もしも帰っていたら、返信くらいはくれるはずだ。お母さんのメモにもなにも書いていないということは、亜沙見のお母さんからも連絡《れんらく》がなかったということだろう。

でも、もしかしたら……。

スマホのアドレス欄《らん》から、亜沙見の家電《いえでん》の番号を開いた。

確《たし》かめたい。だけどおばさんと話すのはこわい。昨日みたいに興奮《こうふん》されたら、あたしはどうしていいかわからない。

ぎゅっとスマホをにぎった。

あたしはただこうして、家の中でスマホをにぎりしめているしかないの？

そんなのいやだ。

あたしは制服《せいふく》に着替《きが》えると、洗面所《せんめんじょ》にとびこんでざばざば顔を洗《あら》い、歯磨《はみが》きをして寝癖《ねぐせ》のついたままの髪《かみ》をひとつに結んだ。

今から行けば五時間目には間に合う。

スクールバッグをつかんで家をでた。


学校までは、いつも十五分ほどかけてたらたら歩くけれど、今日は十分かからなかった。

「あれー、音羽《とわ》ちゃん？」

下駄箱《げたばこ》の前で息を整えていると、背中《せなか》から声がした。ふり返ると、朝ラインをくれたちいちゃんと朋《とも》ちゃんだった。

彼女《かのじょ》たちとは六年生のときに同じグループだったけど、中一でべつのクラスになった。

二年になってまた同じクラスになったけれど、昔のようにつるんだりはしていない。

「どうしたの？　風邪《かぜ》で休みって先生いってたけど。あー、もしかしてさぼりだった？」

朋《とも》ちゃんが楽しげにいうと、隣《となり》に並《なら》んでいるちいちゃんが手にしているプリントの束を朋ちゃんの頭にぱさっとあてた。

「そんなわけないじゃん。さぼりだったら今ごろわざわざこないって」

「あっ、そっかー」

朋ちゃんがケラケラ笑い、ちいちゃんも笑った。

「あたしたち、これ職員室《しょくいんしつ》に届《とど》けにいくからあとでね」

そういって手をふるふたりの背中《せなか》を見ながら、ため息をついた。

あいかわらず平和って感じ……。

下駄箱《げたばこ》からだした上履《うわば》きを足元にぽんと落とした。

ちいちゃんたちといるときは、友だちのことでこんな風に苦しくなることなんてなかった。休み時間のたびにだれかの机《つくえ》のまわりに集まって、昨日のテレビの話をしたり、クラスの男子でだれを好きだとか、おそろいのボールペンを買いにいこうとか。なんとなく心地いい話をして、笑ってた。もちろんささいなことでいい合いになることもあったし、音楽室へいくのもトイレにいくのも職員室へいくのもみんな一緒《いっしょ》、っていう暗黙《あんもく》のうちに決められている妙《みょう》なルールは面倒《めんどう》くさかったけど。

いつも一緒で、おそろいが好きなあたしたちのグループは、はた目にはすごくべたべたしているように見えただろう。だけどあたしたちは、それぞれがきちんと一線を引いて付き合っていた。近づきすぎれば、たがいに嫌《いや》な部分が見える。そういうところを見せずにすむ位置で、〝ここから先は立ち入り禁止《きんし》〟のラインを越《こ》えないように、全員がわきまえていた。

深入りせず、正しい間合いを置いた関係。それが学校生活を楽しく送れる、友だちとの距離《きょり》なんだと思う。

二階から男子数人が無駄《むだ》に大きな声を張《は》り上げながら一段《だん》ぬかしで階段《かいだん》をかけ下りてき

た。声だけきいているのかと思ったけれど、ただじゃれているだけみたいだ。そのなかに三年の茂木公平《もぎこうへい》がいた。亜沙見《あさみ》にしつこく「付き合って」といってきて、断《ことわ》ったら「東上《とうじょう》は援交《えんこう》してる」とか、ありもしないでたらめな噂《うわさ》を流したくそ野郎《やろう》だ。

あたしは壁《かべ》のほうにからだを寄《よ》せながら、通りすぎていく茂木をにらんだ。

「うわー、目つきわりー」

まのびした声に顔を上げると、同じクラスの叶井樹《かないいつき》がのんびりとした表情《ひょうじょう》で上から降《お》りてきた。

あたしが無視《むし》して階段《かいだん》をあがっていくと叶井はあとをついてきた。

「一ノ瀬《いちのせ》さんって茂木くんのこと知ってんの？」

「なんで？」

「だっていまにらんでたじゃん」

「……べつに。ぶつかりそうになったからムッとしただけ。叶井くんこそ知ってるの？」

「知ってる。だって先輩《せんぱい》だし、サッカー部の」

「叶井くんって、サッカー部なんだ」

「そっ。二年の夏からだけど。それまではクラブチームに入ってたからさ、オレ」

クラブチームって、うまい子しか入れないんじゃないの？　って、もしかして自慢《じまん》？

なにもいわずちらと見ると、叶井は右の眉《まゆ》をぽりぽりとかいて、にっと笑った。

「オレんちの親、リコンしたからさ。サッカーなら学校でもできんじゃん。金払《はら》ってわざわざやることねーし」

結構《けっこう》シビアなことをいってるはずなのに、妙《みょう》にさわやかだ。どう返答すればいいのかとまどう。

「そうなんだ」

あいまいに答えると、叶井は「そっそっ」とうなずいた。

叶井ってこんなやつだったっけ。そういえば、これまで同じ班《はん》になったこともないし、ちゃんと話したこともなかったかも。

「三年生はオレが入ったときにはもう引退《いんたい》しちゃってたから、あんまりくわしくはないん

だけど……。でも、人のこと傷《きず》つけんの平気な人だよ、茂木《もぎ》くんって

「えっ？」

「オレ好きじゃないんだよね、そういう人」

叶井《かない》はそういうと二段《だん》ぬかしで階段《かいだん》を上がっていった。

どういう意味だったんだろう。いや、意味はわかる。そうじゃなくて、なんでそんなことをあたしにいったのかがわからない。

「叶井くん」

あたしが名前を呼《よ》ぶと、ふり返った。

「ん？」

「なんであたしに？」

「だって一ノ瀬《いちのせ》さん、あの人にかみつきそうだったから」

そういって、おしっこおしっこーといいながらトイレへかけこんでいった。

心配してくれたんだろうか？　まさかね、同じクラスっていうだけなんだから……。

だけど、へんなやつ。

教室の前までくると、ドア付近の机《つくえ》にたむろしていた女子数人が、「音羽《とわ》だ」「休みじゃなかったの？」と一瞬《いっしゅん》ざわついた。「治ったからきた」と笑うと、「えっらーい」と大げさにいって、次の瞬間《しゅんかん》にはもう別の話題に移《うつ》っていた。

あたしは教室のちょうど真ん中にある亜沙見《あさみ》の席を見ながら窓際《まどぎわ》の自分の席に座《すわ》った。

やっぱり亜沙見はきていない。机にはカバンもかかっていないし、机の引きだしにはぺらんとプリントが入っているだけだった。

「亜沙見、なんで休みなのか知ってる？」

目の前の背中《せなか》をちょんちょんとつついてみると、木下《きのした》さんが文庫本を広げたままの姿勢《しせい》でふり返って、ポケットからマスクをだした。

マスクをしたとたん、黒縁《くろぶち》の眼鏡《めがね》のレンズがくもる。

「風邪《かぜ》だって」

「木下さんも風邪？」

「わたしは予防《よぼう》」

「そうなんだ」

「そうだよ。一ノ瀬《いちのせ》さんも具合がよくなったからって登校してくるのはどうかと思う。ウイルスをばらまきにくるのはやめてもらいたいんだけど」

変わってる子だとは思っていたけど、ホント、うらぎらない人だ。木下《きのした》さんのいうことは正論《せいろん》だけど、かなり引く。

「あたしはズル休み。風邪《かぜ》なんてひいてないよ」

木下さんはマスクを外して、ハンカチで眼鏡《めがね》をふきながら、「東上《とうじょう》さんも？」と視線《しせん》を上げた。

「知らないよ」

「そうなの？」

五時間目が始まるチャイムが鳴った。ぱらぱらとみんなが席についていくなかで、木下さんは眼鏡の奥《おく》で、意外と大きな目をしばたたかせた。

「一ノ瀬さんと東上さんってなんでも共有してなきゃダメな系《けい》かと思ってた」

「そんなわけないじゃん」

なんかムカつく。ばかにされた気がする。木下さんなんていつもひとりぼっちでいるくせに。友だちもいない人にわかったようなことをいわれたくない。

机《つくえ》の上で、右手をぎゅっとにぎる。

そんなに単純《たんじゅん》じゃない。親しくなればなったぶん、友だちとの関係は複雑《ふくざつ》になる。

亜沙見《あさみ》のことを知りたい、自分のことをわかってもらいたい、そんなふうに思うのに、いざふみこまれそうになるとかまえてしまう。心のどこかでこばんでしまう。

ふみこんでいくことも、ふみこんでこられることもこわい。すごくこわい。だって、一度ふみこんでしまったら、知らないではすまされない。見なかったことにも、気づかないふりも通用しない。そこからにげだすことは、友だちをうらぎることになる。断《た》ち切ることになる。

本当は、ずっと前からわかってた。あたしは知っていた。亜沙見がずっとなにかに悩《なや》んでいることを。それでもあたしは、気づかないふりをした。気づかなければ、うらぎることにはならないから。これまで通りの関係を保《たも》っていけると思ったから。

あたしは亜沙見《あさみ》を支《ささ》えてあげられるような人間じゃない。いざとなったら、あたしは友だちを平気でふみつけて自分を守る人間だから。

――音羽《とわ》ちゃん。

幼《おさな》なじみだった依里子《よりこ》ちゃんの悲しそうな顔が亡霊《ぼうれい》みたいに脳裏《のうり》をかすめた。

手のひらに爪《つめ》が食いこむ。

うらぎるくらいなら、最初からふみこんではいけない。

もう二度と、あたしはあんなあたしになりたくない。


六時間目の英語が終わると、担任《たんにん》の吉村《よしむら》先生が教室に入ってきた。吉村先生は教員歴六、七年になるのに、いまだ先生間では新人扱《あつか》いで、面倒《めんどう》な雑務《ざつむ》や力仕事を任《まか》されている。というのも新卒の先生が入ってもすぐにやめてしまったり、異動《いどう》になったりで、吉村先生より若《わか》い先生がいないからだ。まだ三十歳《さい》にはなっていないはずなのに、最近、やたらと白髪《しらが》が目立ってる。

先生は連絡事項《れんらくじこう》を話しながら保護者《ほごしゃ》あてのプリントを配って、いつもどおりさくっとHR《ホームルーム》を終えた。

あたし、学校になにをしにきたんだろう。

無意識《むいしき》にため息をついたとき、「一ノ瀬《いちのせ》さん」と吉村先生に呼《よ》ばれた。座《すわ》ったまま顔を上げると、先生は廊下《ろうか》を指さした。

「帰る前に、ちょっと職員室《しょくいんしつ》きてくれるか」

前の席の木下《きのした》さんがちらとふり返る。あたしは「はい」とうなずきながら胸《むね》の奥《おく》で舌打《したう》ちした。

ちょっとは空気読めよ。

案の定、バタバタと足音をさせて、ちいちゃんたちがきた。

「音羽ちゃんが呼《よ》びだされるなんてめずらしいね」

教室にはいつも好奇《こうき》のかたまりがうごめいている。平穏《へいおん》で代り映《ば》えのしない毎日を送っていると、どこか自分には影響《えいきょう》のないところで、小さな刺激《しげき》を求めたくなる。それはあたしたちの本能《ほんのう》だ。けど、火の粉《こ》はかぶりたくない。自分が傷《きず》つくことはしたくない。みんな退屈《たいくつ》に辟易《へきえき》しているのに、平穏が壊《こわ》されることの恐《おそ》ろしさも知っている。

「なんだろね？　遅刻《ちこく》のことじゃないかな」

あたしはなんでもないことのように笑って、席を立った。

いま口にしたことはうそじゃない。職員室《しょくいんしつ》に呼びだされるようなことをした覚えもない。仮《かり》にあるとしたら、亜沙見《あさみ》のことだ。でも、だからといって亜沙見のことをきかれたってなにも答えられない。ききたいのはあたしのほうだ。

ふーっと大きく息をついて、職員室のドアをノックした。

「失礼します」

ドアを開けると、真ん中あたりの席で吉村《よしむら》先生がこっちと手を上げた。もう一度「失礼します」といって中に入った。

先生の机《つくえ》の上には、ごちゃごちゃと資料《しりょう》やノートやプリントがのっていて、右端《みぎはし》にある電話の手前に、歴代の総理大臣《そうりだいじん》の名前が入ったマグカップが置いてあった。こんなカップでコーヒーを飲んでおいしいんだろうか。

「具合どうだ、大丈夫《だいじょうぶ》なのか？」

「はぁ」

「あんまり顔色はよくないみたいだけど」

そう思うなら早く帰らせるべきだと思う。どうしてそういうあたり前の思考に至《いた》らないのか不思議だ。

あたしはあいまいに首をかしげた。

「で、」

きた。

「東上《とうじょう》さんのことなんだけど」

「はい」

「なにか東上《とうじょう》さん、変わったこととかなかった？」

「今日は風邪《かぜ》で休みってききました。木下《きのした》さんから」

「ああ、うん。そういうことになっているんだけど」

先生は、うーんとうなりながら耳たぶを二度さわってあたしの目を見た。

「一ノ瀬《いちのせ》さんは東上さんのこと、知ってるんだよね」

「はっ？」

「東上さんのお母さんが、昨日一ノ瀬さんにも電話したって」

「……見つかったんですか？　亜沙見《あさみ》」

先生は小さくかぶりをふった。

「じゃあ事故《じこ》とか、事件《じけん》にまきこまれたとか」

「いまのところ事故ってことはないと思う。今朝、親御《おやご》さんが警察《けいさつ》に捜索《そうさく》願いの届《とど》けをだされたそうだけど、該当《がいとう》するような事故はないし、家出じゃないかって」

思わず息をつくと、イスに座《すわ》ったままの姿勢《しせい》で先生が上目遣《うわめづか》いにあたしを見た。

「あのさ、一応《いちおう》きくだけだけど、いじめとかないよな」

「……」

そこか。そこを心配しているのか。

どろっとしたかたまりが喉《のど》の奥《おく》からこみあげた。奥歯《おくば》に力を入れ、それを飲み下してあごをあげた。

「さあ」

「へっ？」

「わかりません」

いじめなんてない。それは自信を持っていえる。だけどいわない。ホッとなんてさせない。

いじめがなければ学校に責任《せきにん》はない。担任《たんにん》が責《せ》められることはない。亜沙見がいなくなって心配しているのは、亜沙見のことじゃなくて、自分に火の粉《こ》がかからないかどうか。

そんなこと許《ゆる》さない。

ラクになんてさせない。

「でも一ノ瀬《いちのせ》さんは」

「わからないっていったんです。もういいですか？　あまり具合よくないので」

「あ、ああ」

失礼します、と一礼して踵《きびす》を返した。職員室《しょくいんしつ》をでると校庭から男子の低い掛《か》け声とボールをける音がきこえた。ふと、叶井《かない》も練習しているのかなと思って、どきりとした。

そんなこと、いまはどうでもいいことだ。

靴《くつ》をはきかえると、あたしは走って校門をでた。


子守坂《こもりざか》で、足を止めた。

背中《せなか》からの冷たい風に首をすくめる。

昨日、亜沙見《あさみ》はいつものように坂を下っていった。あのとき亜沙見はどんな気持ちでいたんだろう。もう家には帰らないつもりだったんだろうか？　それなら、なんでなにもあたしにいわなかったんだろう……。

思わず唇《くちびる》を噛《か》んだ。

亜沙見はわかっていたんだ。

あたしが気づかないふりをしていることも、話をはぐらかしていることも。それでも何度も何度も、亜沙見はあたしに助けを求めてた。SOS《エスオーエス》をだしていた。

それをあたしは全部ムシした。

もしも、あたしが話をきいていたら。

もしも、亜沙見の手をしっかりとにぎっていたら。

もしも、なにか応《こた》えようとしていたら。

もしも、もしも、もしも……。

そうしたらきっと、亜沙見はひとりで消えたりはしなかった。

大通りから救急車のサイレンがきこえる。

「亜沙見」

あたしは子守坂《こもりざか》をかけおりた。

2

亜沙見《あさみ》は中学になってからの友だちだ。

一年前、はじめて制服《せいふく》を着て中学校の門をくぐったとき、あたしは緊張《きんちょう》よりわくわくしていた。六年のときに一番仲の良かった樹里《じゅり》ちゃんは私立《しりつ》の中学へいっちゃったけど、同じグループだったちいちゃんも遥《はるか》ちゃんも朋《とも》ちゃんもいっしょだったし、創立《そうりつ》六十年の小学校と違《ちが》って、二年前に新設《しんせつ》された中学の校舎《こうしゃ》はどこもかしこもぴかぴかで、おしゃれな雰囲気《ふんいき》だった。校庭で入学式の受付をしてくれている三年生は、男子も女子もすごく大人っぽくて優《やさ》しかった。

なんだか中学は楽しくなりそう。そう思いながら、うけとったクラスわけのプリントに目を通したあたしは、一気にテンションが下がった。

ちいちゃんも遥《はるか》ちゃんも朋《とも》ちゃんも、みんな二組なのに、あたしだけ一組だった。

一学年に二クラスしかないのに、こんなことってあり？　うなだれるあたしに、「クラスは別れちゃったけど隣《となり》だもん、いつでも会えるって」って、ちいちゃんは明るくいい、遥ちゃんと朋ちゃんは「クラスが違《ちが》ったってあたしたちの友情《ゆうじょう》は変わらないよ」「そーそー」とうなずいた。「そうだよね」と笑顔を作ってみたけれど、内心あたしはムッとした。

隣のクラスだからいつでも会える？　友情は変わらない？　……んなわけないじゃん。しょせん他人事《ひとごと》なんだ。

あのとき、あの瞬間《しゅんかん》、桜《さくら》の花びらが舞《ま》う校庭で、あたしはちいちゃんたちとの友情の終わりを確信《かくしん》した。

新しい友だちを作ろう。そうだ、小学校からの友だちとつるんでいたら、新しい友だちだって作りにくい。ちいちゃんたちと別のクラスになったのは、かえってよかったんだ！

なけなしのポジティブさをかき集めて入学式にいどんだ。でも、その思いは式を終えて教室に入ったとたん、あっけなく打ちくだかれた。

出席番号順に席につくと、前も後ろも隣も、あたしとは違う小学校出身の子たちでかたまっていて、あたしの知らない話で盛《も》り上がっていた。

小学校より大きな机《つくえ》とイス、新しい制服《せいふく》と上履《うわば》き……。どれもあたしにはぶかぶかで居《い》心地《ごこち》が悪い。

こんなところで、やっていけるかな。泣きたい気持ちで机の上にのっていたプリント類をにらんでいたとき、あたしの前にやってきたのが、亜沙見《あさみ》だった。

肩《かた》の位置までの茶色いやわらかそうな髪《かみ》をゆらしながら、亜沙見は笑顔でいった。

「同じクラスだね」

……あたしにいってるの？　別の子とまちがってるとか？

まごついているあたしに、亜沙見はちらと舌《した》をだした。

「覚えてない？」

「あの、人違《ひとちが》いじゃない？」

そういうと亜沙見《あさみ》は切れ長の目を三日月みたいに弓なりにして笑った。

「人違いなんかじゃないよ。とわ《ヽヽ》さん、でしょ」

「そう、だけど」

あたしがうなずくと、亜沙見は髪《かみ》の毛を一束つまんだ。

「あっ」

「思いだした？」

お正月、お母さんと近所の神社へ初詣《はつもうで》にいったときトイレで……。

「あんず飴《あめ》の子」

「あたり」

亜沙見はあのとき、髪にあんず飴をつけられたらしく、泣きそうな顔でお母さんにとってもらっていた。でも、ぬらしたティッシュでこそげとろうとしたものだから、髪はどんどんひどいことになっていた。「切らなきゃだめね」と、その子のお母さんがいったから、

「お湯でぬらしたらとれるよ」って、あたしはつい、いったんだ。

「あのとき名前なんていったっけ？　あたし」

「とわって呼《よ》ばれてたから」

「ああ、そうか」

たしかトイレの外から、お母さんに呼ばれた気がする。

「あたしのお母さんが、とわさんに『よく知ってるのね、何年生』ってきいたら六年って
いったでしょ。この辺に住んでるなら、もしかしたら同じ中学になるかもって思ってたの。

でも一緒《いっしょ》のクラスになれるなんて思ってなかったから、すごくうれしい」

そういって亜沙見は、あたしの手をにぎってぶんぶんふった。

いきなり間合いをつめられて、正直とまどった。けど、不思議といやな気はしなかった。

友だちになれるかも。

亜沙見の自然でやわらかな笑顔を見ながら、あたしは思った。それで思った通り、あたしと亜沙見はすぐになかよくなった。

亜沙見《あさみ》の家の前まできて、一度足を止めた。二階の右端《みぎはし》の部屋の窓《まど》を見上げて、小さく息を吸《す》う。

あの部屋であたしたちは数えきれないくらいしゃべって、笑って、お菓子《かし》を食べた。なにも話さずに、音楽を聴《き》くこともあったし、あたしはマンガを読んで、亜沙見は絵を描《か》いたりすることもあった。亜沙見とは気を遣《つか》わずに、いつも安心して一緒《いっしょ》にいられた。

肩《かた》にかけているスクールバッグの持ち手をぎゅっとにぎって、駅のほうに向かった。

ショッピングモールを歩きながら、亜沙見といったことのある店を一軒《けん》ずつのぞいた。CD《シーディー》ショップに本屋、服屋に雑貨店《ざっかてん》と何軒も歩き回った。

こんなところにいるわけない。もし自分が家出をしたら、一番立ち寄《よ》らない場所だ。それはわかっていても、探《さが》すことをやめられなかった。

どこにいるの？　いまどこに……。

ゲームセンターのガラス戸に、あたしが重たく映《うつ》っている。中に入ってプリクラコーナーをまわっていると、一年のときに同じクラスだった神田《かんだ》さんが男の子といた。男の子の顔は見たことがないから、うちの学校の男子じゃない。

――東上《とうじょう》さんって、なに目指してんの？

席替《せきが》えのとき、女子の間で毛嫌《けぎら》いされている今田《いまだ》くんと隣《となり》の席になった雪乃《ゆきの》ちゃんが泣きだした。泣きだした理由はみんなわかっていた。今田くんはいつも制服《せいふく》の肩に白いふけが落ちているし、人の筆箱から勝手に消しゴムをとって、使っていると思ったら、その消しゴムに何度もシャーペンの先を突《つ》き刺《さ》してぼこぼこにしちゃうし、くしゃみをするときも手をあてない。あたしたち女子だけじゃなくて、男子だって今田くんのことをいやがっていた。みんな雪乃ちゃんに同情《どうじょう》しながらも、自分が隣にならなくてよかったと、ほっとしていた。そのとき、「あたし、目が悪いから前がいいの。席代って」と雪乃ちゃんに亜沙見が声をかけた。

その日の放課後、窓際《まどぎわ》の席で神田《かんだ》さんは数人の女子に囲まれているなかで、亜沙見《あさみ》を批《ひ》判《はん》した。

――東上《とうじょう》さんって、なに目指してんの？

亜沙見にきこえるような声で笑いを含《ふく》みながら。それでも亜沙見はいつもと変わらない笑顔で教室をでた。雪乃《ゆきの》ちゃんのほうがおどおどしていて、それを見ていたあたしはイライラした。あんたが泣いたりなんてしなかったら、亜沙見がこんな風にいわれることはなかったんだよ。

あたしは神田さんと雪乃ちゃんをにらんで、廊下《ろうか》にでた。

「ホント、あいつらムカつく」

あたしがいうと、亜沙見は「へ？」ってふり返った。

「だから、神田さん。それに雪乃ちゃんも」

「どうして？」

「どうしてって」

亜沙見は本当に不思議そうな顔をして、それから笑った。

「神田さんに、あたしが目指しているものなんてわかるわけないよ。だって、あたしだって自分の目指してることわかんないんだもん。でもね、あたし神田さんも雪乃ちゃんもきらいじゃないよ」

あのとき思った。ブレないものを持ってる人は強いんだって。

亜沙見のブレないもの、それは正しさだ。どんな人でも生まれながらに悪い人はいない。みんな根っこはいい人だって。だから亜沙見は人を信じて、自分のことも信じていた。

(いい人ばっかりのわけないじゃん)

あたしは、亜沙見の背中《せなか》に声にださずにいった。だけど、そんな風に思える亜沙見は、本当に清《きよ》い、真っ白な人間なんだと思った。


二年になって神田さんとは別のクラスになった。

あとで気づいたことだけど、当時、神田さんは剣道部《けんどうぶ》の波岡先輩《なみおかせんぱい》のことが好きだったけど、先輩《せんぱい》は亜沙見《あさみ》のことが好きだった。そんなやっかみもあったのかもしれない。

あたしは、ゲーセンをでた。

ショッピングモールをぬけて、大通り沿《ぞ》いにあるコンビニをまわって西口のほうへまわった。西口には大きな公園や神社がある。


神田《かんだ》さん以外にも、亜沙見のことをねたむやつもいたし、いい人ぶっていると悪口をいう子もいた。それでも、亜沙見は「あたしはきらいじゃないよ」って笑って、あたしばかりがいつも腹《はら》を立てていた。悪口をいった子にも、きれいごとばかりをいう亜沙見にも。

それでも亜沙見のことをきらいになれなかったのは、亜沙見のことばにうそを感じなかったからだ。いつも亜沙見は本気でいっていた。あたしみたいに、人を疑《うたが》ったり、勘《かん》ぐったり、ねたんだりすることがなくて、ばかみたいにだれのことも信じて、人のいい面を見つけるのがうまくて。よく笑って、話して、まっすぐで……。

それが亜沙見で、あたしはそんな亜沙見を本気ですごいと思っていた。

亜沙見のそばにいると、あたしの気持ちもきれいになっていく気がしていた。

ポケットでスマホが振動《しんどう》していることに気が付いたとき、街の中はもう街灯がともっていた。

お母さんからだ。

画面に指をあてると『音羽《とわ》！』と、びっくりするくらい大きな声が鼓膜《こまく》をついた。

「う、うん」

『いまどこ⁉　なにしてるの！』

「総合《そうごう》体育館のそばに」

そういうと、お母さんが息をついたのがわかった。

『いま何時だと思ってるの？』

「えっ？」

『八時五十分よ』

そんな時間？　ぜんぜん気づかなかった。

「ごめんなさい。あたし」

『いいから、とにかく早く帰ってきなさい。気をつけてね』

こんなに動揺《どうよう》しているお母さんの声を初めてきいた。

けっして早い時間ではないけれど、声をあららげるほどの時間じゃない。電話でもメールでも一本入れておけばよかったんだ。そうしたらあんなに心配させることなんてなかった。

スマホをにぎりしめて踵《きびす》を返した。

公園をぬけて線路沿《ぞ》いにでると駅のほうへ向かった。街灯の青い光が寒々《さむざむ》しく道をてらしている。

――オレンジの灯《あか》りのほうが好きだな。

ふいに亜沙見《あさみ》がいったことを思いだした。「青い色の街灯は防犯効果《ぼうはんこうか》があるんだって」とあたしがいうと、亜沙見は「不審者《ふしんしゃ》はでなくてもお化けはでそう」と肩《かた》をすくめた。

亜沙見は、幽霊《ゆうれい》とかお化けみたいなものに弱くって暗いところも苦手だ。

昨日の夜は、どこにいたんだろう。

暗闇《くらやみ》の中でふるえている亜沙見を想像《そうぞう》して、かぶりをふる。

みんなこんなに心配しているのに。そんなことは亜沙見だってわかっているはずなのに。

家に帰りたくないなら帰らなくてもいい。でも連絡《れんらく》くらい入れてくれたっていいはずだ。

亜沙見はちっともわかってない。どんな理由があったって、こんなに人を心配させるなんてひどい。ただのわがままだ。それとも、連絡できないの？

ぐっと涙《なみだ》がこみあげてきた。

亜沙見を心配しているのに腹《はら》が立って、その腹立《はらだ》たしさがふくらむと、今度は不安になる。もう自分がなにをどう思っているのかわからない。

子守坂《こもりざか》をあがって、左へ曲がる。どこかの家の台所からこぼれてくるカレーの匂《にお》いに、おなかが鳴った。

角を曲がるとうちのマンションが見えた。五階建ての古いマンションだけど、いくつもの窓《まど》に灯りがともっていて、昼間見るよりあたたかく感じる。

とん、と地面をけってあたしはかけだした。

玄関《げんかん》のカギを開けると、お母さんがとびだしてきた。あたしの顔を見た瞬間《しゅんかん》、お母さんは泣きそうな顔をして、それから鼻息をあらくして怒《おこ》った顔をした。

「ごめん」

「もうっ、連絡《れんらく》もしないで」

「ごめんなさい」

お母さんは、靴《くつ》をはいたままのあたしをぎゅっとした。

こんな風にされるなんて、いつ以来だろう。お母さんの胸《むね》は、昔と変わらずやわらかくて、あったかい。小さな子どもにもどったようで、おなかの奥《おく》がこしょこしょするけど、すごく、すごく安心した。

「おなかすいたでしょ、ごはんにしよ」

お母さんは、あたしの背中《せなか》をぽんとした。

サニーレタスの横にポテトサラダがのった皿をテーブルに並《なら》べると、お母さんは鍋《なべ》からカレーをよそった。

冷凍《れいとう》してあるカレーは、電子レンジで解凍《かいとう》してから、もう一度鍋に入れて火を通すと俄《が》然《ぜん》おいしくなる。

「さあ食べよう、いただきます」

「いただきます」

食べ始めたのは十時近かった。

「この時間にカレーって、かなりヘビーよね」

お母さんは食べながらあごのラインをなでた。

「大丈夫《だいじょうぶ》だよ、お母さんその年にしては若《わか》いし、全然太ってないよ」

「それはどーも。その年にしては、っていうのは余計《よけい》だけどね」

眉毛《まゆげ》を大げさに動かしていうお母さんに、あたしはにっと笑って見せた。

食事の間、あたしもお母さんも亜沙見《あさみ》の話はしなかった。お母さんはあたしが亜沙見を探《さが》していたことはわかっているはずだ。ききたいことはいろいろあると思う。それでも全く関係のない話をしていたのは、たぶんあたしをいつもの生活に引きもどしたかったから。それから、お母さん自身、疲《つか》れていたからだと思う。昨日はほとんど寝《ね》ていないはずだから。お化粧《けしょう》を落としていないからなんとかごまかせているけど、目の下にくまができている。

いつもは食べ終わるとちゃっちゃと茶碗《ちゃわん》を洗《あら》って、テレビをつけながら雑誌《ざっし》をめくったりするお母さんが、今日は「片《かた》づけはあしたでいいや」なんていって、お風呂《ふろ》に入ると早々《そうそう》にベッドにもぐりこんでしまった。

あたしはシンクの前に置いてあるラジオをつけて、袖《そで》をまくった。

「よし」

スポンジにいつもよりたっぷり洗剤《せんざい》をたらして食器を洗っていると、ラジオから『デイ・ドリーム・ビリーバー』が流れてきた。

◆

二時間目の終わりに降《ふ》りだした雨は、あっという間に本降《ほんぶ》りになった。

席につっぷして窓《まど》にあたる雨粒《あまつぶ》を見ていると、木下《きのした》さんが横を通って席に座《すわ》った。

「一ノ瀬《いちのせ》さん」

「ん？」

木下さんの声に顔を上げずにこたえると、木下さんはイスのうえでおしりをすべらせてからだを向けた。

「東上《とうじょう》さん、なにかあった？」

思わず顔を向けると、木下さんは眼鏡《めがね》を指先でつっと押《お》し上げながらゆっくりまばたきをした。

「なんで？」

「いつもと雰囲気違《ふんいきちが》ったから」

「会ったの？」

「昨日ね」

無意識《むいしき》に顔を寄《よ》せると、木下《きのした》さんは数センチからだを引いた。周りに視線《しせん》を動かすと、ちいちゃんの席に集まっていた女子数人がこっちを見ていた。

「ちょっときて」

木下さんの腕《うで》をつかんで立ち上がった。

「どこへ？」

「……トイレ」

「いまいってきたとこなんだけど」

木下さんは眼鏡《めがね》の奥《おく》で目を細めた。

「いいから」

強引に腕を引くと、「よくはないけど」といいながらも木下さんは腰《こし》を上げた。

廊下《ろうか》のつきあたりにある階段《かいだん》をのぼって、おどり場で手を離《はな》すと、木下さんは鼻を鳴らした。

「トイレじゃないの？」

「ごめん。あのさ、亜沙見《あさみ》に会ったって本当？」

「うそついてどうすんの？」

「そうだけど……。どこで会ったの？」

「塾《じゅく》のそば」

って、それどこ？　木下さんとの会話はもうひとつスムーズに進まなくてイライラする。

小さく息を吸《す》ってきき直した。

「どこの塾？　場所は？　どこにあるの？」

「明進《めいしん》ゼミ。中央図書館のそば」

中央図書館は電車で二つ先の駅にある、街で一番大きな図書館だ。そんなところになんで亜沙見がいるんだろう。

あたしがとまどっていると、木下さんは壁《かべ》に背中《せなか》をあてていった。

「風邪《かぜ》じゃないよね、あの子」

「だったら、なによ」

「べつに。わたしには関係ないことだし」

「亜沙見《あさみ》と、なにか話した？」

木下《きのした》さんはじっとあたしの目を見て鼻を鳴らした。

「声かけたらにらまれた。でも」

でも、なに？

次のことばを待っていたけれど、三時間目の授業《じゅぎょう》が始まるチャイムが鳴ると、木下さんはなにもいわず階段《かいだん》を下りていった。

「木下さん！」

あたしの声に木下さんは階段の途中《とちゅう》で足を止めた。

「おーい、教室入れー」

一階からあがってきた理科の林《はやし》先生が、廊下《ろうか》にいる生徒を追い立てるように教科書をふりながら隣《となり》の教室へ入っていくと、木下さんはふり返った。

「あの子、にらんでたけど、泣いてるみたいに見えた」

木下さんはそういって階段を下りていった。

遠くで雷鳴《らいめい》がきこえる。窓《まど》をつたう雨粒《あまつぶ》が、泣いている亜沙見と重なった。

亜沙見の様子が変わったのは、夏休みに入る少し前からだ。

長い間、入退院《にゅうたいいん》をくり返していた亜沙見のお姉さんが六月に亡《な》くなって、そのころから元気がなかったけれど、あのときは仕方がないと思ったし、それがあたりまえだとも思っていた。亜沙見とお姉さんは年が十六歳離《さいはな》れていたけれど、すごく仲がよかったから。

最初にお姉さんの年をきいたとき、あたしはそんなに離れているの？　と驚《おどろ》いたけれど、亜沙見は「お姉ちゃんはお父さんの連れ子だからね」って、普通《ふつう》にいった。

今の時代、離婚《りこん》も再婚《さいこん》もめずらしいことじゃない。あたしんちだって、お母さんは結婚《けっこん》をしないであたしを産んで、母ひとり子ひとりでずっと暮《く》らしてきた。あたしにとっては、それは普通のことだけど、世間的にいうと普通とはいいがたい。あたしは友だちに母子家庭であることはいっても、くわしいことは話したことがなかった。だから、そういうことをかくしたりしないで、自然に話せる亜沙見《あさみ》のことを、あたしはかっこいいと思った。

亜沙見はお姉さんのことが大好きだった。だから亡《な》くなったあと、笑うことが少なくなって、口数がへっても、おかしいとは思わなかった。あたしには亜沙見の悲しみを埋《う》めてあげることなんてできないし、そんなことをしようとすることは、亜沙見に対してもお姉さんに対しても失礼なことだ。ただ、支《ささ》えになりたいとは思った。

あたしは毎朝、亜沙見の顔色を確《たし》かめるようになった。浮《う》かない顔をしているときは、くだらない冗談《じょうだん》をいって笑わせようとしたし、口数が少ないときは亜沙見の好きなマンガやドラマの話をふって盛《も》り上げようとした。亜沙見の分まであたしは話して、笑って、元気をふりまいた。

けど、亜沙見は悪化していった。

七月に入って、亜沙見は「死」ということばを口にするようになった。たしか最初にいったのは、昼休みの屋上だった。

梅雨《つゆ》入りしたと思ったら、連日三十度を超《こ》える暑い日が続いていたけれど、あの日は何日かぶりにくもり空だった。なにをするわけでもなく、フェンス越《ご》しに校庭をながめていたとき、亜沙見がぼそりといった。

「ここから落ちたら死んじゃうかな」

顔を動かさず横目で見ると、亜沙見はフェンスにおでこをあてて校庭を見ていた。

「そりゃあ死ぬんじゃない？　ここ四階だし。あ、でもときどきいるよね、落ちた場所が花壇《かだん》だったからとか、途中《とちゅう》のベランダでバウンドして一度あたったから助かった人とか」

「痛《いた》そう」

「痛いよ、絶対《ぜったい》」

「それはいやだな」

亜沙見はそういって、薄《うす》く笑った。

あのあと、あたしはなんていったんだろう？

思い出せない。思い出せないくらいどうでもいいことをいって、はぐらかしてしまったような気がする。

二度目は、あたしが愚痴《ぐち》ったときだ。同じクラスの高月《たかつき》くんとあたしは、塾《じゅく》に着ていった服がかぶってしまった。おたがいに紺白《こんしろ》のボーダーのロンT《ティー》。みんなに「ペア？」とか笑われて、その帰り道に「死んだほうがマシだよ」って愚痴《ぐち》ったら、「いいよ」って亜沙《あさ》見《み》はうなずいた。

「音羽《とわ》が死ぬなら、あたしも付き合う」

そのとき、亜沙見の顔を見てぞくりとした。

「うそだよ、じょーだん。亜沙見ってば、マジうけるんだけどー！」

あたしはムダに、必死で笑った。

そのときから、あたしは「死」ということばをさけてきた。亜沙見がそのワードを口にしたときは、笑うか、冗談《じょうだん》で返すか、きこえないふりをした。

ガラス細工をあつかうように、あたしはこわごわと気を付けて、慎重《しんちょう》に亜沙見を扱《あつか》った。

そのことにだんだん疲《つか》れて……、そのうち、亜沙見の様子がおかしいのは、お姉さんのことが原因《げんいん》なんじゃなくて、あたしのせいかもしれない。あたしがなにか気に障《さわ》ることでもしたのかと不安になった。夏の終わりに思い切って、あたしなにかした？　あたしうざい？　と尋《たず》ねると、亜沙見は驚《おどろ》いた顔をした。それから、「そんなことあるわけないよ！」って、びっくりするくらいの勢《いきお》いで即答《そくとう》した。亜沙見は、「音羽がいてくれるから、あたしはここにいるんだよ」って。

あたしが気にしすぎていたのかもしれない。気にしているから大したことでもないことに引っかかっていたのかもしれない。

亜沙見の笑顔を見て、ほっとした。

けれど、そんなふうに思えたのはほんのいっときだった。

――お醬油《しょうゆ》一リットル飲んだら死んじゃうって本当かな？

――死ぬときも自分で決められないってへんだよね……。

――死んだら記憶《きおく》って全部消えるのかな。

そんなことを頻繁《ひんぱん》に口にするようになった。亜沙見は、死ぬことをこわがっているのか、ただ死というものについて考えているのか、それとも……。

亜沙見《あさみ》がなにを考えているのかぜんぜんわからない。それにあたしは本気で知ろうともしていなかった。ただ、両の手から、ざばざばと大切なものがこぼれ落ちていくことにおびえて、見たくないものから目をそらし、耳をふさぎ、気づかないふりをしてきただけだ。

教室にもどると、ちいちゃんと朋《とも》ちゃんがパタパタと上履《うわば》きの音をたてながらやってきて、腕《うで》をからめてきた。肌《はだ》がふれ合っているわけでもないのに、相手の体温が伝わってくるようで抵抗《ていこう》がある。

さりげなく腕をよじってみたけれど、離《はな》れない。

「どうしたの？」

腕を固定されたままでいうと、ちいちゃんはちらと木下《きのした》さんに目をやってから、あたしに顔を近づけた。

「木下さんとなにかあった？」

「べつに」

「だって、さっきふたりで教室でていったでしょ」

朋ちゃんが声を低くしていった。

木下さんは机《つくえ》の上に三時間目の数学の教科書をだして、背筋《せすじ》を伸《の》ばして前を向いている。

いつもの木下さんのポーズだ。

「ちょっとね、たいしたことじゃないよ」

あたしがいうと、ちいちゃんと朋ちゃんは視線《しせん》をからめた。

「音羽《とわ》ちゃん、気をつけたほうがいいよ」

「なにを？」

「ほら、やっぱり音羽ちゃん知らないんだよ」

朋ちゃんがいうとちいちゃんはこくこくうなずいて、声をひそめた。

「木下さんのお父さん、刑務所《けいむしょ》にいるんだって」

「……ふーん」

「うそじゃないよ、木下さんと同じ小学校の子からきいたんだもん。木下さん本人がいってたって」

ちいちゃんは、ほてったように頰《ほお》をうっすらそめてあたしにいった。

「こらー、もうとっくに授業《じゅぎょう》始まってるぞ」

数学の佐々田《ささだ》先生が入ってきて、ちいちゃんの頭に教科書をぽんとあてた。「いたーい」といいながら、ちいちゃんはうれしそうに席へもどっていった。ちいちゃんは、昔から大人にかまわれるのが好きだ。

あたしは席につくと木下《きのした》さんの背中《せなか》を見た。

そういえば木下さんは亜沙見《あさみ》と同じ小学校だったはずだ。ふたりがなかよしだったとは思えないけど。

でも、あたしの知らない亜沙見を木下さんは知っている。関係ないといいながら、亜沙見に声をかけて、そのことをあたしに話してくれた。木下さんは木下さんなりに亜沙見のことを心配しているのかもしれない。

少なくとも、ちいちゃんたちのように興味《きょうみ》本位であたしに話したわけじゃない。そのことだけはわかる。

昨日も今日も放課後、中央図書館へいった。お母さんには亜沙見のことはいわなかったけれど、行先だけは伝えた。お母さんも閉館《へいかん》時間の七時には図書館をでて家に帰るようにといっただけで、理由はきかなかった。

二駅先の図書館までは、自転車で約二十分。

亜沙見に会えるかどうか、そんなことはわからなかった。というより、会えない確率《かくりつ》のほうが高いと思っていたけど、街のなかをやみくもに歩くより、亜沙見を見かけたという周辺を探《さが》す方がまだマシに思えた。

図書館につくと、あたしは館内を一周してから外にでて、閉館時間まで図書館の周りをただ歩きまわった。今日も同じように館内を一周していると、ふっとお母さんがいっていた中三女子の落下事故《じこ》のことを思いだして、二階の新聞コーナーへいった。

ラックには今日の新聞が何紙もさがっている。その横の棚《たな》を見ると、新聞社別に一か月分の新聞が置いてあった。あの事故《じこ》がいつだったかは正確《せいかく》に覚えていないけれど、まだ二、三週間前のはずだ。とりあえず毎朝新聞《まいちょうしんぶん》の棚《たな》からごっそりだして、閲覧席《えつらんせき》へ持っていった。ずらっと机《つくえ》の並《なら》んだ閲覧席には、居眠《いねむ》りをしているおじさんがふたりとイヤホンをしてノートを広げている高校生くらいの男子、それから女の人がふたり、みんな間隔《かんかく》を置いて座《すわ》っていた。あたしは窓際《まどぎわ》の席に新聞を置いてイスを引いた。

新聞なんて普段《ふだん》はラテ欄《らん》くらいしか見ないから、文字の洪水《こうずい》みたいな紙面を見ただけで、おぼれそうになった。それでもなんとか、大きな文字で書いてある見だしだけをなぞって、紙面をめくった。

三週間前からめくっていくと、十一月二十七日の社会面に記事が載《の》っていた。

成績不振《せいせきふしん》を苦に自殺か

新池区《にいけく》の私立《しりつ》中学三年の女子生徒（当時15歳《さい》）が十一月十二日午前九時〇五分ごろ、登校途中《とちゅう》にある雑居《ざっきょ》ビル屋上から転落し、搬送先《はんそうさき》の病院で死亡《しぼう》が確認《かくにん》された。数日前、無料通信アプリ「LINE《ライン》」で、中学時代の友人に、「順位またさがった」「もういやだ」「家もガッコも塾《じゅく》も、全部消えちゃえばいいのに」と送信していたという。女子生徒は翌日《よくじつ》、進路に関する三者面談が行われる予定だったことから、成績不振を苦にした自殺が疑《うたが》われたが、遺書《いしょ》などはなく、事故の可能性《かのうせい》もあると見られている。

遺書がない場合はまず事故扱《あつか》いになるとお母さんもいってた。でも、それって、なんだかすごく強引だ。強引で都合がいい。見たくないものには蓋《ふた》をして、きこえない声は、心地いいことばに勝手に変換《へんかん》して納得《なっとく》しようとする。

……あたしも一緒《いっしょ》だ。

それでいつだって、あとになって後悔《こうかい》する。一番見なきゃいけないことから目をそむけて、きかなければいけないことばに耳をふさいで、大切なものを置き去りにして、弱さを盾《たて》にして自分を守ったのだといいわけをする。いいわけをしながら、あたしのなかのもうひとりのあたしが、それでよかったのかと喉元《のどもと》に刃《やいば》をつきつける。

――音羽《とわ》ちゃん。

依里子《よりこ》ちゃんの悲しそうな声が、いまも耳にのこっている。

依里子ちゃんとは、保育園《ほいくえん》のころから仲がよかった。おっとりとした性格《せいかく》で、給食を食べるのも、お昼寝《ひるね》のお支度《したく》も、帰りの用意も、みんなよりワンテンポ遅《おそ》いけど、いつもにこにこしていて、優《やさ》しい女の子だった。保育園で飼《か》っていたチャボが死んじゃったとき、あたしはかわいそうというより、気持ちが悪くてそばに近づけなかったけど、依里子ちゃんは先生が「もうさよならはおわりにしようね」っていうまで、死んだチャボをなでながら、泣いていた。園庭の隅《すみ》に作ったお墓《はか》にも、依里子ちゃんは、毎日欠かさずタンポポやヒメジョオンやシロツメクサを持っていった。

小学校も依里子ちゃんとは同じクラスだった。あたしたちはふたりとも学校のあと学童クラブにいっていたし、四六時中一緒《いっしょ》にいた。なのに、三年生のとき、清美《きよみ》ちゃんが転校してきてから変わってしまった。理由は、あたしが依里子ちゃんとなかよくしていると、清美ちゃんの機嫌《きげん》が悪くなるからだ。

清美ちゃんは、クラスのだれよりも大人っぽかった。お人形みたいにきれいで、頭もよくて、いろいろなことを知っていた。なにより魅力的《みりょくてき》だったのは、あそんでいると清美ちゃんはいろいろなものをくれるところだった。いい匂《にお》いのする消しゴム、ぴかぴか光るシール、宝石《ほうせき》みたいなビー玉、ノートに髪《かみ》どめ。「わーいいなー」っていうと、「ほしい？あげるよ」って清美ちゃんは気前よくあたしたちにくれた。そんな清美ちゃんは、転校してきてすぐに人気者になった。清美ちゃんのまわりには、いつもたくさんの女子が集まっていた。あたしも依里子ちゃんも、そのひとりだった。ところがある日、依里子ちゃんはこれまでにもらった、消しゴムやシールを持ってきて、清美ちゃんに返した。清美ちゃんが「なんで？」っていうと、依里子ちゃんは「お母さんが返しなさいって」ってうつむいた。それから「子ども同士であげたりもらったりはしちゃだめだって」と、小さな声でいった。清美《きよみ》ちゃんが、「いいじゃん、あたしのお小遣《こづか》いで買ったものなんだから」というと、依里子《よりこ》ちゃんは「そのお金は、お父さんやお母さんが働いてもらったお金だからって、お母さんが」とだんだん声が小さくなっていった。清美ちゃんがすごくこわい顔で依里子ちゃんをにらんでたからだ。清美ちゃんは、もどってきた消しゴムとシールをほかの子にあげた。そのあと、清美ちゃんは休み時間になるたびにあたしの席にきた。家に誘《さそ》われてあそびにいくと、おいしいおやつをたくさんだしてくれて、マンガやゲームを貸《か》してくれた。おそろいだよって、ハンカチやシャーペンもくれた。お休みの日に、清美ちゃんのお母さんが、あたしもいっしょに映画《えいが》や遊園地につれていってくれることもあった。あたしは清美ちゃんのことをかっこいいと思ったし、一緒《いっしょ》にいることが楽しかった。依里子ちゃんと学童でオセロをしたり、一輪車に乗ってあそんでいるより、ずっとわくわくした。

そのうち、あたしは依里子ちゃんとあそばなくなって、口もきかなくなった。

依里子ちゃんと一緒にいると、清美ちゃんはすごく機嫌《きげん》が悪くなるからだ。依里子ちゃんのことがきらいになったわけじゃない。でも、清美ちゃんの機嫌をそこねたくなかったから、あたしは依里子ちゃんをさけるようになった。学童クラブにいくときも、あたしは依里子ちゃんを待たず、ひとりでいくようになった。「音羽《とわ》ちゃん、待って」と背中《せなか》からきこえても、きこえないふりをした。

あの、雨の日も……。

小さくかぶりをふる。

館内にショパンの『別れの曲』が流れて、「閉館《へいかん》時間まであと十五分です」と放送が入った。

新聞から顔をあげて、すっ、と息を吸《す》う。壁時計《かべどけい》の針《はり》が、六時四十五分をさしていた。

あたしは新聞を閉《と》じて、席を立った。

亜沙見《あさみ》がいなくなってもう三日だ。

帰り道は、自転車のペダルが重い。

踏切《ふみきり》のそばまでくると、無意識《むいしき》のうちに警報音《けいほうおん》に耳を澄《す》ましてしまう。踏切の前で止まるのがいやで、音がきこえるときは少し手前で自転車を止め、きこえないときはペダルに力をこめて一気に踏切《ふみきり》を通りぬける。

止まれば、どうしてもあの日の光景を思いだす。亜沙見《あさみ》がいなくなった日。あの帰り道、踏切のなかに立ちつくしていた亜沙見の姿《すがた》だ。

亜沙見は、死にたいと思っているんだろうか。ううん、そんなことするはずない。お姉さんに最後までつきそって、はげましていた亜沙見が、自分で自分の命を絶《た》つなんてするわけない。死にたいと思うことも、それを口にだすことも、だれにでもあることだ。けど、行動にはうつさない。

だって、本気で死にたいと思っているわけじゃないから。本気で死のうとは思っていないから。

そう自分にいいきかせてみるけれど、次の瞬間《しゅんかん》には不安がこみ上げてくる。このまま亜沙見が手の届《とど》かないところへいってしまうような気がしてこわくなる。そんなことはないとかぶりをふっても、脳裏《のうり》にはりついた光景がぬぐえない。

それはあたしが、どこかで亜沙見のことを疑《うたが》っているからだ。亜沙見がそんなことをするはずがない、そう繰《く》り返しながら、もしかしたらと思っている。

もっと早く、亜沙見がいなくなる前に手をつかんでいたら、目をそらさなかったら……。

そう思うと、からだの内側がぞわぞわとむずがゆくなる。

強くかぶりをふって踏切を越えた。

背中《せなか》からきこえてきた警報音《けいほうおん》をふり切るように、ペダルを強くふんだ。


マンションの駐輪場《ちゅうりんじょう》に自転車をとめて、エントランスのドアに手をかけたとき、ふと、目の端《はし》になにかがうつって、足が止まった。

「音羽《とわ》」

どくん、心臓《しんぞう》がはねる。

喉《のど》がはりつく。肩《かた》にかけているスクールバッグのひもをぎゅっとにぎった。

この声を聴《き》きまちがえるわけがない。

ふり返ると、亜沙見《あさみ》が立っていた。

「うそ」

かけ寄《よ》り、腕《うで》をつかみ抱《だ》きしめたいのに一瞬《いっしゅん》足が動かなかった。

「音羽《とわ》……」

ふるえる声で二度目に呼《よ》ばれたとき、足がでた。

「亜沙見！」

抱きつくと鼻先にふれた亜沙見のマフラーから、かすかに甘《あま》い花の匂《にお》いがした。亜沙見んちの柔軟剤《じゅうなんざい》の匂いだ。

「ばか」

「ごめん」

かぶりをふりながらあたしはもう一度「ばか」といい、亜沙見は「うん」とうなずいた。

「探《さが》したんだよ、いままでどこに」

そこまでいって、ことばを切った。

いまはそんなことはどうでもいい。亜沙見を部屋につれていって、ごはんを食べさせて、寝《ね》かせる。話はそれからだ。

「とにかくあたしんちに」

からだを離《はな》して手をにぎると、今度は亜沙見がかぶりをふった。

「なんで？」

亜沙見はだまったまま答えない。

「お母さんならまだ帰ってないし、帰ってきたってあたしの部屋にいればバレないよ」

「でも」

「このまま外にいたらこごえるよ。おなかも空くし。亜沙見、ちゃんと食べてたの？」

曖昧《あいまい》にうなずく亜沙見の手を強くにぎった。

「でもやっぱり。音羽には迷惑《めいわく》かけたくない」

「……ばかなの？　ねえ、亜沙見ってばかたれなの？」

「……」

「かけなよ、迷惑《めいわく》。かければいいじゃん」

「音羽《とわ》」

あたしは亜沙見《あさみ》の手を引いてエレベーターに乗った。築《ちく》三十五年のマンションのエレベーターはとにかく反応《はんのう》が鈍《にぶ》いけど、いつも以上にドアの開閉《かいへい》も、上昇《じょうしょう》するスピードも遅《おそ》く感じる。

三階でドアが開くと、あたしは廊下《ろうか》を確認《かくにん》して亜沙見の手を引いた。近所の人には見られないほうがいい。べつに悪いことなんてしているつもりはないけれど、おばさんっていう人種は、どうでもいい人のプライバシーを平気で口にする。お母さんに「お友だちがきてたわね」なんてぺろっといわれたら面倒《めんどう》だ。

すばやくカギを開けて、亜沙見を入れた。

「あがって」

「うん」

亜沙見の見慣《みな》れたローファーが玄関《げんかん》に並《なら》んでいるのを見てホッとした。とはいえ、このままだしっぱなしにしておくわけにはいかない。

「靴《くつ》は部屋に持っていこう」

亜沙見をあたしの部屋に通して、スエットをだした。

「これ着替《きが》え。タオル持ってくるね、もうすぐお母さん帰ってくるから、お風呂《ふろ》はやめておいたほうがいいから」

「うん、平気」

「じゃあ着替えてて、食べ物とか持ってくる」

あたしはキッチンへいくとお湯をわかし、マグボトルいっぱいにそれを入れて、紅茶《こうちゃ》のティーバッグをふたつ、コンビーフの缶詰《かんづめ》とロールパンとコアラのマーチ、それからぬらしたタオルを電子レンジで温めて部屋にもどった。

「とりあえずこれ食べてて。って寝《ね》てるし」

亜沙見はベッドと押《お》し入れのあいだにある床《ゆか》の上で、猫《ねこ》みたいに丸くなって眠《ねむ》っていた。

疲《つか》れてるんだ。あたりまえだよね……。

持ってきた食料をローテーブルの上に置いて、亜沙見《あさみ》に毛布《もうふ》をかけた。と、玄関《げんかん》のドアが開く音がした。

「ただいまー」

あたしは、「おかえりなさい」といいながらリビングへいった。

3

その晩《ばん》、亜沙見はこんこんと眠《ねむ》り続けた。

いろいろ話したいこともききたいこともあったけれど、いまここに亜沙見がいる。それだけで十分だ。そう思いながら、心の片隅《かたすみ》にうしろめたさもあった。

お母さんをだましてることも、亜沙見のお母さんたちに無事を知らせる連絡《れんらく》をしていないことも。

数日前のお母さんを思いだした。あたしの帰りが遅《おそ》いことを心配して、お母さんはあんなにうろたえていた。その声を思いだすと、どうしたって心が痛《いた》む。もしも亜沙見が帰りたくないというのであれば、うちにいればいい。だけど、亜沙見の親になにも知らせないまま、こんな風にしているのはやっぱり違《ちが》う気がする。

ここにいます。いまは帰りませんが、亜沙見《あさみ》は無事です。元気です。

そう連絡《れんらく》をしてもいいのではないだろうか。ううん、すべきなんだ。だけど、亜沙見はあたしをたよってきてくれた。信頼《しんらい》してくれた。それをうらぎるようなことは、一ミリだってしたくない。

あたしのやっていることはきっとまちがっている。でもまちがっていても守らなくちゃいけないことがある。正解《せいかい》より不正解を選ばなければ、亜沙見を守ることはできないんだ。

翌朝《よくあさ》、リビングのドアが開く音がして目が覚めた。目覚まし時計を二個《こ》かけても起きないあたしがドアの音で起きるなんて自分でも信じられなかった。

こういうのを防衛本能《ぼうえいほんのう》っていうのかな。いまお母さんに部屋に入られたらまずい。のんきに眠《ねむ》っていて、お母さんが部屋に入ってきたらアウトだ。

ベッドの上に起き上がると、亜沙見がデッドスペースから顔をだした。

おはよ、と口を動かすと、亜沙見は笑顔を見せた。一晩《ひとばん》眠ったせいか、昨日より表情《ひょうじょう》がやわらかい。

パーカーをはおり、待ってて、と亜沙見に向かって手のひらを軽くさげてドアを開けた瞬間《しゅんかん》、あたしは「わっ」と声をあげた。

目の前でお母さんがからだをそらした。

「もー、お母さんってば、びっくりするじゃん」

ドアを閉《し》めながら文句《もんく》をいうと、お母さんは鼻を鳴らした。

「びっくりしたのはお母さんよ。今日、土曜だよ」

「そ、そうだよ。でも目が覚めちゃったから、たまにはお母さんのお見送りでもしようと思ったのに」

「あら」

お母さんは目をしばたたかせてから、くしゃっと笑った。

いつからだろう、笑うと目じりにしわが浮《う》かぶ。でも笑ったお母さんの顔があたしは好きだ。

お母さんは、「コーヒー入れておいて」と心なしか声をはずませて洗面所《せんめんじょ》へいった。

そんなにうれしいもんなのかな、見送りされるって。

たしかにいつもの土曜日なら、あたしはまだベッドのなかで熟睡中《じゅくすいちゅう》だ。お母さんが「いってきます」という声も、ベッドの中で「んー」と応《こた》えるか、そのことばすら気づかずに寝《ね》ている。

今日はただ、部屋に入ってこられたくなくて起きただけだ。見送りなんて口からでまかせだったのに、あんなにうれしそうな顔をしちゃって……。

洗面所から鼻歌がきこえてきた。

たまには、いいかもしれない。「いってらっしゃい」って、お母さんを送りだすのも。

トーストとサラダとゆで卵《たまご》の朝食を一緒《いっしょ》に食べると、お母さんは機嫌《きげん》よくでかけていった。

「いってらっしゃーい」

今日は新宿のお店だからと、ゆるくまいた髪《かみ》をたらしたまま中折《なかお》れ帽《ぼう》をかぶってお母さんはでかけた。あらためてみると、わが母親ながらかっこいい。

中折れ帽っておしゃれだけど、あたしにはまだハードルが高すぎる。

ベランダから駅の方へ歩いていくお母さんの姿《すがた》を確認《かくにん》して、部屋にもどった。亜沙見《あさみ》はあいかわらずデッドスペースにいた。

「そんなとこにいなくても大丈夫《だいじょうぶ》だよ。お母さん仕事にいったから」

「土曜日なのに?」

「美容師《びようし》だもん。土日は平日より忙《いそが》しいよ」

「そうなんだ」

亜沙見はうなずきながら立ち上がった。

「お風呂《ふろ》入りなよ。その間に朝ごはん作っておくから」

「うん。音羽《とわ》、あたし」

「あとでいいよ。時間はくさるほどあるからさ、まずはさっぱりして、ごはん食べて、それから、ねっ」

亜沙見《あさみ》はうつむいたまま小さく何度もうなずいた。

浴室からシャワーの音がきこえると、あたしは米をといだ。トーストとかシリアルなんていうものじゃなくて、おなかにじんわりくるものがいいと思ったからだ。たいして料理なんてできないけど、みそ汁《しる》くらいなら作れる。

炊飯器《すいはんき》のスイッチを押《お》して、鍋《なべ》に水を張《は》った。具は、冷蔵庫《れいぞうこ》の中にあった豆腐《とうふ》と油揚《あぶらあ》げとわかめ。出汁《だし》は粉末のものを使った。おばあちゃんのように昆布《こんぶ》とか煮干《にぼ》しでとるとおいしいんだけど、うちではもっぱらこれだ。

鍋の中で油揚げとわかめが泳いでる。出汁の匂《にお》いがキッチンに広がる。炊飯器からしゅうしゅうと蒸気《じょうき》があがった。

「気持ちよかったー」

亜沙見はあかちゃんみたいな顔をしてお風呂場《ふろば》からでてきた。

「ずっと入ってなかったの？」

「もしかして臭《にお》った？」

「そんなことないけど。冬でよかったね、夏だったらやばかったよ」

だね、と亜沙見は笑った。

「ドライヤー使うでしょ、だしておくから」

洗面所《せんめんじょ》の引きだしからドライヤーをだしてリビングにもどると、亜沙見は壁《かべ》に飾《かざ》ってある写真を見ていた。お母さんに抱《だ》っこされたあたしと、保育園《ほいくえん》のころの運動会の写真、小学校の入学式のと、動物園でゾウをバックにしたやつ、おばあちゃんとソフトクリームを食べてる写真なんかがある。

「そんなに見られると恥《は》ずかしいんだけど」

「なんで？　いい写真なのに」

「まあね」

そういえば亜沙見の家にはどの部屋にもアートっぽい絵画がおしゃれに飾られていて、

家族の写真って見たことがない。

「ごはんできてるよ」

「音羽《とわ》が作ったの？」

「ごはんとみそ汁《しる》だけね。あとはお母さんの作り置き料理」

あたしが苦笑すると、亜沙見《あさみ》はじゅうぶんすごいよと音を立てずに拍手《はくしゅ》した。

亜沙見は「おいしいおいしい」と何度もいったけど、あんまり食は進まなかった。ごはんは茶碗《ちゃわん》に半分残したし、カボチャの煮物《にもの》も佃煮《つくだに》にも手をつけなかった。みそ汁だけは完食したけど、ちょっとムリして食べてくれたような気がする。

「残しちゃってごめん。あんまり食べてなかったから、胃袋《いぶくろ》小さくなったのかも」

「いいよいいよ、すぐに食欲《しょくよく》なんてもどるって。そしたらまたがっつり食べればいいんだから」

あたしがいうと、亜沙見は苦笑した。

「なんかあたし、すごい大食漢だったみたいじゃない？」

「違《ちが》う違う」

あわてて両手を交差させると、亜沙見は顔をくしゃくしゃにして笑った。

ひさしぶりだ。こんなふうに顔を合わせて、どうでもいいことで笑って、くだらないおしゃべりをして。

なんでもないことが、きらきらしてる。

あたしはずっとこんなにきらきらしたところにいたんだ。このままずっと、こんなふうに笑っていられたらいいのに。

「音羽、部屋もどっててもいい？」

「お母さん夜まで帰らないよ」

「でも」

「あたしの部屋のほうが落ち着く？」

亜沙見はこくりとうなずいて、リビングをでていった。

やっぱり、そうはいかないんだ。

茶碗《ちゃわん》を片付《かたづ》けて部屋へいくと、亜沙見《あさみ》はぼんやり窓《まど》の外をながめていた。

「ながめ悪いでしょ」

あたしが声をかけると、亜沙見は窓の外に目をやったまま小さく笑った。

あたしの部屋から見えるのは、向かいのマンションの外階段《そとかいだん》と、似《に》た形をしている建売《たてうり》住宅《じゅうたく》の屋根が五つ。それからなんのへんてつもない一方通行の路地くらいだ。屋上へ上がると遠くに高いビルが見えるけれど、二年くらい前から立ち入り禁止《きんし》になってカギがかかっている。お母さんは、「老朽化《ろうきゅうか》で屋上の柵《さく》が劣化《れっか》しているんだって」といっていたけれど、あのころ屋上からのとび降《お》り自殺があいついだのが理由なんじゃないか、となんとなくあたしは思っている。

そんなことをぼんやり考えていると、急に冷たい風が吹《ふ》きこんできた。

「亜沙見!?」

思わず腕《うで》をつかむと、驚《おどろ》いたように亜沙見がふり返った。

「どうしたの？」

「あ、ううん」

ばかだ、あたしは。亜沙見が窓を開けたとき、ここからとび降りるんじゃないかと思った。

手を離《はな》してベッドに座《すわ》ると、亜沙見は開いた窓を背《せ》にしていった。

「とび降りると思った？」

洗《あら》い立ての亜沙見の髪《かみ》が風になびく。否定《ひてい》しようとしたけれど、一瞬《いっしゅん》声がでなかった。

にげちゃだめだ。ここでにげたら今までとなにもかわらない。

ごくりとつばを飲む。

なにか喉《のど》の奥《おく》にかたまりがつかえているような違和感《いわかん》に、左手を喉《のど》にあてた。もう一度つばを飲みこんでうなずいた。

亜沙見は苦笑して、窓を閉《し》めた。

「ごめん。そんなことしないよね。っていうか、なんでいきなり家出なんてしたの？」

「……いきなりじゃない家出ってある？」

「亜沙見《あさみ》！」

あたしが声をとがらせると、亜沙見は肩《かた》をすくめた。それから長く息をついて、机《つくえ》の前にあるキャスター付きのイスにすとんと腰《こし》を下ろした。

「あの日、あたしといるときから決めてたの？　家に帰らないって」

亜沙見は視線《しせん》を数秒間、天井《てんじょう》に向けてわずかに首をかしげた。

「どうなのかな」

「えっ？」

「決めてた気もするし、そうじゃない気もする」

「なにそれ」

「ごまかしてるんじゃないよ、自分でも本当にわからないんだもん」

そうなのかもしれない。あの日の亜沙見の行動は矛盾《むじゅん》していることばかりだ。家に帰らないつもりなら、着替《きが》えやお金は当然持ってでるはずだ。なのに服もなくなってないし、お年玉をためている貯金通帳も残っていると亜沙見のおばさんはいっていた。

だから最初は事故《じこ》や事件《じけん》にまきこまれたんじゃないかと心配したんだ。けど、そうだとしたら、スマホを家に置きっぱなしにしていることが引っかかる。

単に忘《わす》れただけ？　そうは思えなかった。だとすると、スマホを持っているとGPS《ジーピーエス》で居場所《いばしょ》がわかってしまうとか考えて、わざと置いていった。つまり学校にいくときから、家には帰らないつもりだった、ということになる。でもそれなら、もう少し持ってでるものがあるはずだ。

同じことをぐるぐる考えて、結局どちらの行動もあてはまらない。

ただ、ひとつだけ全部のつじつまが合うことがあった。そんなことはないと打ち消し、否定《ひてい》しながら、どうしても否定できなかった。

それはあの日、亜沙見は死ぬつもりだった。

汗《あせ》のにじんだ手のひらを強くにぎった。

「なんで家に帰らなかったの？　亜沙見《あさみ》が家に帰りたくない理由ってなに？」

亜沙見があたしを見た。

「信用できなくなったから、かな。あの人たちのこと」

あの人たちというのは、たぶん亜沙見の両親のことだ。これまでだって、親の悪口をいうことはあった。けど、あの人たちなんていい方をしたのははじめてだ。

「なんで？」

「うそつきだから」

「そんなの、うそなんてみんなつくじゃん。あたしだって、亜沙見だって」

「でも、ついちゃいけないうそってあると思う」

亜沙見は、なんのことをいっているんだろう。うそなんてみんなつく。うそをついたほうがうまくいくことだってめずらしくない。正直でいることのほうが、よほど残酷《ざんこく》なことだってある。

そんなことは、あたしより亜沙見のほうがわかっているはずだ。

だって亜沙見は、ずっとお姉さんにうそをついてきたんだから。

中一の秋ごろ、お姉さんの病気はがくんと悪くなった。あたしも何度かお見舞《みま》いにいったけど、いくたびにもともと細いからだがもっと細く小さくなっていった。それは保育園《ほいくえん》のときに死んじゃったおじいちゃんとそっくりで、あたしはこわかった。それでも、亜沙見はいつもお姉さんに退院《たいいん》したらどこへいこうとか、これをやろうって、楽しいことばかり話していた。そんな亜沙見の話をお姉さんもうれしそうにきいていた。しゃべるのも、笑うのもつらそうなのに、亜沙見が「もうすぐよくなるよ」「あとすこしで退院できるよ」というと、まぶたを動かして笑顔を作ろうとした。

亜沙見は病室をでると、必ず販売機《はんばいき》でチョコチップのアイスを買って、だまって食べた。

お姉さんは、亜沙見がつくうそを信じているふりをしていた。

亜沙見は、そのことに気づきながら、気づかないふりをした。

ふたりは弱虫だったのかもしれない。うそをついて現実《げんじつ》から目をそらしていただけかもしれない。だけど、それに支《ささ》えられてもいたんだと思う。

亜沙見《あさみ》とお姉さんのついたうそは、悲しいくらい優《やさ》しいうそだった。

お姉さんの意識《いしき》がなくなって、目を開くこともできない最後のときまで、亜沙見は泣かなかった。笑顔で明日のことを話していたと、お葬式《そうしき》のとき、おじさんがいっていた。

人はうそをつく。うそをつくから生きていけることだってある。亜沙見がそんなことをわからないはずがない。


「あたし、あの人たちのこと許《ゆる》さない」

亜沙見はあたしの顔を見て、すっと窓《まど》のほうへ視線《しせん》を流した。

「あたしね、あの人たちの子どもじゃなかったんだよ」

「……」

「絶句《ぜっく》でしょ」

視線を合わせないまま、亜沙見は薄《うす》く笑った。

「でも、それは」

「うん。びっくりしたけど、それはなんていうか、許せないとか、そういうのとは違《ちが》うの」

「じゃあなにが」

「許せないのは、あたしを産んだ人のことをあの人たちは許さなかったってこと」

「亜沙見の、本当のお母さん」

「そう。だから、最後まで母親だってことを名のらせなかったの」

「最後って」

亜沙見はゆっくりうなずいて、あたしを見た。

「死んだんだよ、六月に。六月十三日」

あたしが息をのむのと同時に、亜沙見が唇《くちびる》を動かした。

「お母さんだったんだよ、お姉ちゃん」

意味がわからない。お姉さんが亜沙見を産んだお母さん？

「お姉ちゃん……お母さんは、あたしを十六歳《さい》のときに産んだんだって」

十六歳って、いまのあたしたちと二つしか違《ちが》わない。

亜沙見《あさみ》はイスから立ち上がると、窓《まど》のそばにいって背中《せなか》を向けた。しばらく空を見上げてから、ふーっと長い息をついてふり返った。

「あたしが気づいたのは偶然《ぐうぜん》じゃないような気がする」

そういって、窓枠《まどわく》にもたれるようにして亜沙見は話し始めた。

◆

入院している間、あたしはほとんどお姉ちゃんの部屋には入らなかった。お姉ちゃんの部屋にいくと、なんだかすかすかして、ただささみしくなるの。カーテンもベッドも、タンスも本棚《ほんだな》も、全部見慣《みな》れているものばっかりなのに、お姉ちゃんのいない部屋は全部があたしによそよそしくて。

部屋の空気を入れ替《か》えるときも、窓を開けたらさっと部屋をでて、しばらくしたら窓を閉《し》めにいって。部屋でじっとしていることなんて一度もなかった。

それは、お姉ちゃんが死んでからも変わらなかった。お姉ちゃんのものでいっぱいの部屋に入るのがこわかったのかな。だけどお葬式《そうしき》から何日かたって、お姉ちゃんの部屋に入ったの。なんでそんな気持ちになったのか全然わからないんだけど。

ドアを開けたとき、すごく懐《なつ》かしくて、中に入るとお姉ちゃんの匂《にお》いがして、不思議だけど、お姉ちゃんがいるって思ったの。あ、幽霊《ゆうれい》とかそんなんじゃないんだよ。でもお姉ちゃんのものに囲まれてると、お姉ちゃんがそばにいるような気持ちになったの。

死んじゃってからのほうが近くに感じる、なんていう人がいるけど、あれって、本当なんだなーって。顔を見ることも、話をすることも、手をにぎることもできないのに、体温を感じるの。不思議だよね。

その日からあたしは、お姉ちゃんの部屋で過《す》ごすことが多くなって、でもすることなんてないから、暇《ひま》つぶしにお姉ちゃんが読んでた本を読むようになったの。

あたしと違ってお姉ちゃんは昔から本が好きだったから。本棚にはいろんな本が並《なら》んでたんだよ。子どもの本もあれば哲学書《てつがくしょ》みたいなものもあったし、推理《すいり》小説も恋愛《れんあい》小説も、古典もあった。あたしが最初に読んだのは、三浦綾子《みうらあやこ》の『氷点《ひょうてん》』っていう本。原罪《げんざい》がキーワードになっているんだけど、夢中《むちゅう》になって読んだな。今思うと、皮肉だなって思うんだけど。

何冊《なんさつ》も読んだんだよ。あたし自身、こんなに本に夢中になるなんて思わなかった。それで読んでいくうちに、あれって思ったの。本の並《なら》べ方がすごくへんなんだもん。シリーズものなのに順番がバラバラだったり、作家ごとに並んでるのかと思ったら、別の作家の本が間に一冊だけまぎれていたり、単行本と文庫本がまぜこぜになっていたりね。

お姉ちゃんってけっこう几帳面《きちょうめん》だったから、机《つくえ》の引きだしもきれいに整理整頓《せいとん》してあるし、手紙や年賀状《ねんがじょう》も一年ごとにリボンで結んで空き箱にしまってあって、タンスの中なんて、シャツでも色分けしてあるし、下着も靴下《くつした》もお店みたいに並んでるんだよ。はじめてお姉ちゃんのタンスの引きだしを開けたとき、きれいって思ったくらいだもん。

あたしの机なんてどこになにを入れたかわからなくなってるし、カバンの中だってぐちゃぐちゃだし。あ、音羽《とわ》は知ってるか。

いつものあたしなら、本の並びなんて気になるはずないのに、あのときは妙《みょう》に気になって。で、本棚《ほんだな》に入っている本を全部だして、並べ替《か》えることにしたの。上の段《だん》から本をとりだしていって、そうしたら一番下の段の本の裏側《うらがわ》に小さい手帳みたいなものを見つけたの。

たまたま裏《うら》に落ちちゃったのか、わざと隠《かく》していたのかはわからないけど。とってみたら、母子手帳だった。表の母の氏名《しめい》ってところには東上日菜子《とうじょうひなこ》って、お姉ちゃんの名前が書いてあるの。丸っこい小さな几帳面な字で、お姉ちゃんの字だってすぐわかった。

なんでお姉ちゃんが母子手帳なんて持ってるんだろう。もしかしたらあたしは、お姉ちゃんの秘密《ひみつ》の箱を開けちゃったのかもしれないってドキドキした。

死んじゃったって、勝手に見ちゃいけないような気もしたし、一瞬迷《いっしゅんまよ》った。ううん、迷ったふりをしたの。だれも見ていないけどね。あたしが逆《ぎゃく》の立場だったら、家族だからって勝手に見てほしくないものってあると思うし。本当は見るべきじゃないってわかってた。でも好奇心《こうきしん》ってこわいよね。

あたし、母子手帳をめくってみたの。

そうしたらそこに、あたしの名前が書いてあったんだよ。

あのときあたしはなにを考えて、どう思ったのか全然覚えてないんだけど、「え?」っていったのは覚えてる。すごくまぬけな声だったんだもん。

どれくらいの時間、あたしは自分の名前をながめていたのかな。気がついたら部屋の中は薄暗《うすぐら》くって、床《ゆか》の上には本が山積みになっていて、空っぽの本棚《ほんだな》は大きな口を開けてるみたいに見えた。

どういうことなのかわからなくて、母子手帳を持ってキッチンへいったの。あたしはさっきまでお母さんって呼《よ》んでた人に、「これなに?」って見せた。

ひきつってたよ、あの人。そりゃそうだよね、ずっと隠《かく》していたことがバレちゃったんだもん。

あの人はあたしから母子手帳をとりあげてわめいてた。なんていってたのかな、「勝手なことばっかりしないで」とか「ふざけるのはやめて」とか、そんな類《たぐい》のことだと思う。

べつに、あたしは勝手なことなんてしていないし、ふざけてだってなかったんだけどね。へんなんだけど、あの人の態度《たいど》を見て気持ちが落ち着いたの。落ち着いたっていうのとは違《ちが》うかな。冷えていった、ん、そんな感じ。

あたしを産んだのはお姉ちゃんなんだなって。

あたしはお姉ちゃんの部屋にもどって、床の上に積んである本を本棚にもどして、それからちょっとほこりっぽくなった床のうえで横になってた。雨の音がきこえて、蒸《む》し暑くて。小さいころ、雨の日に転んじゃったあたしをお姉ちゃんがおんぶしてくれたことを思いだしたの。お姉ちゃんの背中《せなか》におぶわれて、あたしがお姉ちゃんの傘《かさ》を持って。ぱらぱらぱらって傘の上で雨をはじく音がして。

「雨なんて嫌《きら》い」っていったら、お姉ちゃんは「わたしは好きだな」っていったの。なんで？　ってきいたら、「雨の日は、あさちゃんがおうちにいることが多いから」って。「へんなの」っていったら、お姉ちゃん笑ってた。

そんなことを思いだしながら目をつぶっていたら寝《ね》ちゃったみたい。目が覚めたら暗い部屋の中にお父さんがいたの。あ、お父さんって呼《よ》んでいた人、だね。面倒《めんどう》くさいから、とりあえずお父さんってあの人のことというね。

あたしが起き上がると、お父さんは電気をつけて正面に座《すわ》った。で、さっきとりあげられた母子手帳を床《ゆか》の上に置いたの。お父さんはまだスーツを着たままだった。

床の上の母子手帳を見て顔をあげると、お父さんはすっと息を吸《す》って、一度床に視線《しせん》を落としてから「あのな」ってあたしを見た。

お父さんの目とお姉ちゃんの目はよく似《に》てるの。ちょっとたれ目の二重まぶた。あたしとあの人は奥二重《おくぶたえ》の切れ長。ほら、お姉ちゃんはお父さんの連れ子だって話したことあるでしょ。だからお姉ちゃんとお父さんの目が似ているのは遺伝《いでん》だなって思ってたし、あたしはお父さんじゃなくてあの人に似たんだって思ってたの。でもさ、あてにならないよね。あたしとあの人は血がつながってないんだもん。似てるわけないんだよね。だから、あたしの目は本当のお父さんにたぶん似てるんだと思う。会ったことがないからわからないけど。

そんなことを考えていたら、お父さんいきなりいったんだよ。

「亜沙見《あさみ》はこれからもずっと、お父さんとお母さんの子どもだよ」って。

は？　って感じ。そんなことばをききたいわけじゃなかった。あたしは事実を知りたいだけ。戸籍上《こせきじょう》どうなっているとか、そんなことはどうでもいいことなの。あたしが知りたいのは、あたしを産んだ人のこと。だからあたしはいったの。

「あたしを産んだのは、お姉ちゃん？」って。

しばらくお父さんは石みたいに固まってたけど、「そうだよ」って。

お父さんとあの人が再婚《さいこん》したのは、お姉ちゃんが中三のときなんだって。お父さんは四十歳《さい》で、あの人は三十二歳。お姉ちゃんと新しくお母さんになったあの人は姉妹みたいに仲がよかったんだって。だけど、再婚してしばらくたったころから、お姉ちゃんの帰りが遅《おそ》くなって、休みの日もでかけることが多くなったんだって。べつにグレちゃったとかそんなんじゃないし、遅くなるっていっても塾《じゅく》のあとで友だちとしゃべっていたとかそういう程度《ていど》のことだったみたい。休みの日にでかけることがふえたのだって、中三だもん、あたりまえだよね。お父さんもそう思ってたんだって。

思いたかったんだよね、大人っていつも自分に都合のいい解釈《かいしゃく》をするから。

お姉ちゃんが妊娠《にんしん》していることに気づいたのは、高校の受験が終わったあとだって。相手は、同じ塾《じゅく》に通ってる別の学校の中三の子。

なんかそんなドラマあったよね。再放送《さいほうそう》かなんかであたし観《み》たことあるんだ。でもドラマじゃないんだよ。しかもそのときできちゃった子ってあたしだからね。

お姉ちゃんは産むっていって、大人たちはみんなムリだっていったみたい。ムリっていうのは、堕《お》ろせって意味だよ。

相手の子も、最初は十八歳《さい》になったら結婚《けっこん》するとか、高校にはいかないで働くとかいってたみたいだけど、親に説得されたんだろうね、やっぱりあきらめてほしいっていってきたんだって。

あたしは実の父親にも死ぬことを望まれてたってことなんだよね。っていうか、お姉ちゃん以外のみんなに思われてたのか。

現実《げんじつ》を考えたらわからなくもないけど、やっぱりショックだったよ。

でも、お姉ちゃんは絶対《ぜったい》に産むって。もしおなかの子を殺せっていうなら自分も死ぬって。そこまでいうお姉ちゃんを、お父さんたちはもう説得できないって思ったんだって。

そのかわり、生まれた子どもはお父さんとあの人の子どもとして育てる。お姉ちゃんには母親を名のらせず、半分血のつながっている姉として接《せっ》すること。もちろん、相手の男の子とは二度と会わないっていう約束をしたんだって。

その条件《じょうけん》をお姉ちゃんは全部受け入れて、十六歳の冬にあたしを産んだ。高校は第一志《し》望《ぼう》のところに合格《ごうかく》していたんだけど、通信制の高校にしたんだって。

そのあとすぐ、家族でここへ引っ越《こ》してきたみたい。普通《ふつう》の、まあ再婚《さいこん》だってことはいってたけど、父親と母親、子どもは十六歳の女の子と生後一か月の女の子ふたりの四人家族としてね。

これが、お姉ちゃんの部屋でお父さんからきいた話。

あたしがあのとき母子手帳を見つけなかったら、ずっと知らないままだったんだよ。たぶん、死ぬまであたしは知らなかった。

どっちがよかったのかな。知らないままのほうがよかった気もするけど、あれを見つけちゃったら知らないままってわけにはいかないよね。

……でも、もしかしたらなんだけど、あたしに見つけさせたのはお姉ちゃんじゃないかなって思うの。お姉ちゃんはあたしに気づいてほしかったんじゃないかなって。

だってあの本棚《ほんだな》、やっぱりお姉ちゃんらしくないんだもん。あんなにばらばらに本が並《なら》んでるなんて、どう考えてもおかしい。

お姉ちゃんが生きているうちに、気づいてあげられればよかった。

呼《よ》んでほしかったのかな、お母さんって。呼べたのかな、あたし。

お姉ちゃんだけだったんだよね、あたしに生まれてきてほしいって思ってくれた人……。

あの日からあたしは、これまでお母さんだと思っていた人をお母さんって呼べなくなって、お父さんだと思ってた人を、お父さんって呼べなくなったの。お父さんは本当はおじいちゃんなんだよね。で、お母さんとは血はつながっていない他人。

それでもね、お父さんとかお母さんとは呼べなくても、あたしを育ててくれた人だってことはわかってるよ。生まれる前に、おなかの中にいるあたしを殺そうとした人たちだとしても、あの人たちは、親としてあたしを大切にしてくれたと思う。

あの日から、家の中はぎくしゃくしてたけど、あたしもあの人たちもなんとかしなきゃって思ってたの。けど、一度壊《こわ》れたものは元通りには絶対《ぜったい》にならないんだってわかった。

あの人がいったんだ、

「ひなちゃんがあんなことになったのは、わたしとお父さんのせいかもしれない」って。再婚《さいこん》して、三人でなかよく暮《く》らしているつもりだったけど、さみしかったのかなって。

あの人、お姉ちゃんの写真見ながらあたしの前で泣いたんだよ。

お姉ちゃんはもともとからだが弱かったんだけど、大きな病気をわずらったのは、そういうことが影響《えいきょう》していたんじゃないかって、あの人はいったの。

悪気があっていったんじゃないってことはわかってる。だから余計《よけい》にあたしはどきっとした。

「お姉ちゃん、その人のこと好きだったんでしょ。その人もお姉ちゃんのことを好きだったから」

お姉ちゃんたちは子どもを産んで育てていける年じゃなかったのは確《たし》かだよ。ふたりはまちがえた。だけど、お姉ちゃんはその人のことを好きで、愛していた。だからあたしが生まれた。

あたしはそう思いたかった。なのにあの人はいったの。

「まちがいをさせてしまったのは、わたしたちなの。さみしかっただけなのよ、ひなちゃんは」

そんなこと……っていったら、

「本当に彼《かれ》のことを愛していたのなら別れないでしょう。いくら父親にいわれたって、あんなにあっさり」

お姉ちゃんがさみしさからにげるためにセックスをして妊娠《にんしん》をしたのだとしたら、あたしはやっぱり生まれるべきではなかったことになる。

だって、あたしは、お姉ちゃんのおかした罪《つみ》で生まれたんだとしたら、あたしは原罪《げんざい》そのものだもん。

ずっと考えてた。あたしはなんで生きているんだろう？　なんのために生まれたんだろう？　生まれたことにどんな意味があったんだろうって。

どれも答えなんて見つからなくて。

でもね、死ぬことの理由なら簡単《かんたん》に見つかるんだよ。

わかってるよ。自殺って自分を殺すことだよね。自分の命なんだから、自分でどうしようと勝手だとか、そんなこと思ってないよ。生きたくても生きられない人がいることもわかる。お姉ちゃんだって死にたくなかったと思うし。

あたしね、哲学書《てつがくしょ》とか読んだんだよ。難《むずか》しいこと考えてるえらい人なら、目から鱗《うろこ》のなにか、「ああそうだよね」ってことを本に書いてるんじゃないかって。でもよくわからないことも多かったし、わかってもふーんって感じのことばっかりだった。

火曜日に家に帰らなかったのはなんとなくなの。決めてたわけじゃないんだよ。ただあの日、祠《ほこら》に花が供《そな》えてあったの。

祠、知らない？　ほら、子守坂《こもりざか》の途中《とちゅう》にある小さいやつ。そっか知らないよね。気づいてない人多いよ。いつもだれも立ち止まらないし、気づかれもしないから、あたし、なんだか気になってて、毎日そこで手を合わせるようにしてたの。いってきますとか、ただいまって。でもあの日、花があった。花が供えてあるってことは、あたし以外のだれかが気にしてくれてるってことでしょ。それなら大丈夫《だいじょうぶ》だなって。気づいたら、家の前を通りすぎてた。

暗くなって、そういえばどこにいけばいいんだろうって思いながら歩いて、夜はかいぞく公園の船の中にいたの。こわいとかは思わなかったよ。でも寒くて。このまま寝《ね》たら本気で凍《こご》え死ぬんじゃないかと思って、目をつぶれなかった。

へんでしょ。ずっとなんで生きてるんだろうって考えてて、でも意味なんて全然見つからないのに、凍死《とうし》しないように起きてるなんてね。

だけど公園で凍死するのはなんかいやだなって。だって中学生の女の子が凍死した公園でなんて、もう楽しくあそべないでしょ。あたしがお母さんだったら、子どもをあそばせたくないもん。それって罪作《つみつく》りだよね。それにほら、幽霊《ゆうれい》がでたとか噂《うわさ》たてられそうだし。

ごめん、音羽《とわ》怒《おこ》んないで。べつにふざけてるわけじゃないよ。

結局うとうとしてたし。目が覚めて、うっすら明るくなったときはホッとした。

朝のうちに中央病院までいって、昼間はずっと病院にいたの。

病院っていいんだよ。待合室に長い時間いてもなにもいわれないし、制服《せいふく》でいたって不《ふ》審《しん》がられることもないしね。他のところで昼間に制服のままうろうろしていたら面倒《めんどう》なことになりそうでしょ。

でもね、考えてみたら一番あたしがいちゃいけない場所だった。病院にくる人は、みんな元気になりたいって思ってるんだもん。生きたいって思ってるってことだよね。

夕方になって外にでて、また町の中を歩いて。

あたし、いつだって死ぬ気になれば、死ねるって思ってた。線路にとびこんでもいいし、ビルの上からとび降《お》りてもいいし、川とか海に入るのもありでしょ。首を吊《つ》るって方法もあるし。

でも、線路にとびこんだら、長い時間電車が止まるでしょ。そうしたら、その電車に乗れなかったことで、危篤《きとく》のお母さんに会えない人がいるかもしれない、とか、彼氏《かれし》との待ち合わせに遅《おく》れちゃって、そのことで喧嘩《けんか》になって別れちゃった、とか。ビルからとび降《お》りたら、下にいるだれかをまきこんじゃうんじゃないか、とか。だってそうしたらあたし、人殺しでしょ。それは絶対《ぜったい》いやだもん。それなら川とか海に入ってって思ったんだけど、海にいくお金もないし、川っていったって近くの川は水が少ないから物理的に無理でしょ。それに臭《くさ》いし。

方法なんていくらでもあるはずなのに、全部できないいいわけを考えちゃうの。へんでしょ。

◆

どこか遠くを見ているような目をして、たんたんと話し続けた亜沙見《あさみ》は長く息をついて視線《しせん》を上げた。目が合うと亜沙見はわずかに顔をゆがませた。笑おうとしているようにも、泣く手前の表情《ひょうじょう》にも見えて、あたしはどんな顔をしていいのかとまどいながら、ただ小さくうなずいた。

亜沙見の話は、別のだれかの口からきいていたら、まず信じなかった。その手の話はおもしろおかしく話を盛《も》って、骨格《こっかく》がわからないほどセンセーショナルに話をふくらまして広がっていくものだから。そんなことをつばをとばして話す相手を、あたしはいましくさえ思ったかもしれない。

だけど、亜沙見がいました話は、作りごとでもなんでもない。他人事《ひとごと》……というよりドラマのあらすじでも話すような距離《きょり》をとった話し方が、逆《ぎゃく》に本当をつきつけてきた。

あたしだったらどうするだろう。どうしただろう。

想像《そうぞう》してみたけれど、ダメだった。

だって、あたしは亜沙見じゃないから。

わかった気になって、そこら中にころがっている安っぽいことばを口にしたくない。同《どう》情《じょう》も、なぐさめも、見当ちがいなはげましも、きっと亜沙見《あさみ》を傷《きず》つけるだけだ。

あたしはもう一度、だまってうなずいた。

亜沙見にとってなにが大事なのかはわからない。でもあたしにとっていま一番大事なことは、ここに亜沙見がいることだ。亜沙見はあたしのところへきてくれた。いまはそれだけでいい。

「これからどうするつもり？　亜沙見はどうしたい？」

えっ、と亜沙見の唇《くちびる》が動いた。

「家に帰るつもりはないんでしょ」

「……ないよ」

「それなら、ここにいなよ」

色素《しきそ》の薄《うす》い亜沙見の茶色い切れ長の目が一度くっと大きくなって、それから強くかぶりをふった。

「なんで？　家に帰らないならうちにいればいいじゃん。いてよ。っていうか、いろ！」

思わず大きな声をだしたあたしを見て、亜沙見はふっと笑った。

「ありがと。でも音羽《とわ》のうちにはいられない」

「ちょっと窮屈《きゅうくつ》かもしれないけど、でもここなら」

亜沙見は「違《ちが》う」と、もれるような声でいいながら視線《しせん》をそらした。

「音羽のお母さんに」

「お母さんがなに？　バレなければいいだけでしょ。大丈夫《だいじょうぶ》だよ、お母さんけっこうにぶいからバレないよ」

べつに亜沙見を安心させたくていってるわけじゃない。お母さんは外ではバリバリ仕事をしているし、家事も要領《ようりょう》よくサクサクこなす。けど、それ以外はけっこうヌケている。

一度見た映画《えいが》なのに途中《とちゅう》まで気づかなかったり、エアコンの暖房《だんぼう》をつけたつもりが冷房《れいぼう》になっていたり。目の調子がおかしいって眼科《がんか》にいったら、コンタクトレンズを右目と左目で入れまちがえているとあきれられたり。あたしが小二のころ、マンションの駐輪場《ちゅうりんじょう》で段《だん》ボールに入れられていた子猫《こねこ》を拾って、お母さんに内緒《ないしょ》で飼《か》っていたときだってそうだ。

子猫は夜になるとミャアミャア鳴いて、あたしはひやひやした。でもお母さんは、「お隣《となり》、赤ちゃんが生まれたのかしら」なんていっていた。さすがに一週間でバレたけど。あのときお母さんは、うちのマンションはペット禁止《きんし》で飼《か》えないからって、子猫《こねこ》を飼ってくれる人を探《さが》してくれた。子猫を手放すのはさみしかったけど、引きとりにきたおばさんは優《やさ》しそうで、猫の扱《あつか》いも慣《な》れていて、おばさんにだっこされた子猫は幸せそうに甘《あま》えた声で鳴いていた。

「大丈夫《だいじょうぶ》だよ、うちにいなってば」

「だめ、迷惑《めいわく》かけるから」

「迷惑なんて、お母さんだってそんなこと思わないよ」

「思わなくても、なるんだよ」

「そんなこと」

「家出した子をかくまうと、下手《へた》したら誘拐罪《ゆうかいざい》とかになっちゃうんだって」

「誘拐罪……」

思ってもみなかった物騒《ぶっそう》な単語にどきりとした。

「で、でも、誘拐じゃないじゃん。亜沙見《あさみ》がうちにいるのは亜沙見の意思でしょ」

「それでも。親権《しんけん》を侵害《しんがい》しているとか、そういうことになるんだって。法律《ほうりつ》ってさ、どこまでも大人に都合のいいようにできてるんだよね」

「じゃあ、お母さんは気づいてなかったってことにすればいいんじゃない？　あたしがただ亜沙見を部屋にかくまっていたって。あたしと亜沙見がちゃんといえばすむ話じゃないの？」

遠くからパトカーのサイレンがきこえた。

「そうかもしれないけど。でも、それはそれで、おばさんの立場って微妙《びみょう》になると思うよ。同じ家にいるのに気づかないのは、親としてどうなんだって」

亜沙見のいう通りかもしれない。この間、お母さんが話していた美容院《びよういん》のお客さんのことを思いだした。

――子どもが自殺するほど思い悩《なや》んでいるのに、親が気づけないなんてあるのかしらね。

そんなことを当然のようにいう人がいる。ううん、そう思っている人のほうが多いのかもしれない。親は子どものことをなんでもわかっている。わかっていてあたりまえで、知らないことなんてないって……。

そんなこと、あるわけがない。生まれたばかりの赤ん坊《ぼう》だって、その百パーセントを知っている母親なんていない。だから泣くんだ。話すことができなくても、声をだして、手足を動かして伝えようとするんだ。

「音羽《とわ》のとこにいっちゃだめだって、あたし思ってた。だから音羽の部屋に入ったときから、ここにいるのは一日だけって決めてたの。それにいくところがあるから」

「どこへ?」

「……」

「いくところなんてないくせに、そんなんでいかせるわけないじゃん。じゃあねって手をふると思う？」

「あるよ、いくとこ」

「どこ？」

「……」

「ほら、答えられない。うそなんでしょ」

「音羽にうそなんてつかないよ」

亜沙見《あさみ》はまっすぐにあたしを見た。

うそじゃない。うそをついている顔じゃない。だけどいくところがあるのなら、そこが本当に亜沙見のことを受け入れてくれる場所なら、なんで家をでてすぐにいかなかったの？

「だったら一緒《いっしょ》にいく」

「えっ？」

「あたしも一緒にいく」

「ダメ」

「うそじゃないならいいじゃん」

「うそじゃないけど、一緒《いっしょ》にはいかない」

「どうして？」

「音羽《とわ》には、関係ないから」

……関係ない。

あたしはももの上でぎゅっとこぶしをにぎった。

「なら、なんであたしのところにきたの？」

声がかすれる。すっと息を吸《す》ってもう一度、くり返す。

「なんできたの!?」

亜沙見《あさみ》の肩《かた》がわずかにゆれた。

「……会いたかったから、音羽に」

「…………」

あたしは立ち上がって、亜沙見の手をつかんだ。

ひとりにしちゃいけない。亜沙見がこばんだって、伸《の》ばしてくれたこの手を離《はな》しちゃいけない。あたしは今度こそ、亜沙見からにげない。

「あたしもいく」

4

スカートからデニムのパンツにはきかえて、ロンT《ティー》の上にアディダスの黒地のパーカーを着てダウンコートをはおった。亜沙見《あさみ》はパイプハンガーに下げてある服の中から、ミモレ丈《たけ》の紺色《こんいろ》のスカートに白いざっくりとしたセーターをえらんだ。自分の服だけど、亜沙見が着るとどことなく大人っぽく見える。それに合うように、クローゼットに下げてある紺のピーコートをだした。

荷物は極力へらした。本当は着替《きが》えも何着か持っていきたかったけど、亜沙見が「大きな荷物を持ってふらふらしてたら、補導《ほどう》してくださいっていってるようなもんだよ」といって、下着とシャツを一枚《まい》ずつとスポーツタオルをあたしは塾用《じゅくよう》のカバンに、亜沙見は小ぶりのリュックに入れた。

これなら友だちの家にあそびにいったり、お稽古《けいこ》ごとにいくスタイルと変わらない。

スマホは電源《でんげん》を切ってポケットに入れ、勉強机《づくえ》の引きだしからピンク色の祝儀袋《しゅうぎぶくろ》をとりだした。中には中学生になったときにおばあちゃんからお祝いでもらった二万円がそのまま入っている。お母さんにもおばあちゃんにも、「日ごろのお小遣《こづか》いの足しにはしないで、本当にほしいものを買うときに使ってね」といわれていたお金だ。

まさか家出の軍資金《ぐんしきん》になるとは、あたしも思わなかった。

それから、レポート用紙に書いた短い手紙をリビングのテーブルの上に置いた。

〈お母さんへ

亜沙見と一緒《いっしょ》にいます。家出ではありません。いつとはいえないけど、必ず帰ります。

心配しないでください。

音羽《とわ》〉

心配しないでと書いたところで、心配しないはずはない。それはわかっているけれど、それ以上書きようがなかった。

テーブルに置いたレポート用紙を指先でそっとなでた。

「音羽《とわ》、やっぱりやめておいたほうが」

「いこ」

亜沙見《あさみ》のことばを断《た》つようにしてカバンを肩《かた》にかけた。

マンションをでると、亜沙見は駅とは逆《ぎゃく》のほうに足を向けた。

「駅にいくんじゃないの？」

「うん」

行先はまだきいていない。亜沙見がいうまであたしからはきかないでおこうと思っていた。

ただなんとなく、亜沙見がこれからいこうとしているところは、そこそこ遠い場所のような気がしていただけだ。

「バスのほうがいいと思って」

「あぁ、うん、そうなんだ。……なんで？」

亜沙見はあたしをふり返って目じりを下げた。

「駅にいくにはあたしんちの前を通らなきゃいけないし、駅前には交番もあるでしょ。そんなリスクの高いところにいく方がどうかしてるでしょ」

「亜沙見すごいね。だてに何日も家出してない」

あたしがいうと、亜沙見はぷっとふきだした。

「そこ笑うとこー？」

「ごめん、でも音羽ってやっぱりおもしろい」

「おもしろくないよ、ちょーまじめにいってんのに」

亜沙見はあたしの顔を見ると、顔を赤くして笑った。

頰《ほお》にあたる風が、心なしかやわらかい。

こんなふうに、どうでもいいことをしゃべって、笑っていることが不思議だった。不思議なのにすごく自然で、ついさっきまで不安になっていた自分がうそみたいだ。

ゆるやかな坂道をあがって、公園を左手に見てバス通りにでた。五十メートルほど先に見える信号の少し向こうにバス停が見えた。

「いま何時？」

バス停までいくと、亜沙見《あさみ》は中町《なかまち》二丁目と書かれた標識《ひょうしき》の下にある時刻表《じこくひょう》に顔を近づけた。

ちょっと待って、とポケットからスマホをだして電源《でんげん》を入れた。

「二時三十分」

「あっ、ラッキー、三十一分のがある」

亜沙見の口からラッキーということばがでたことが妙《みょう》に新鮮《しんせん》だった。

「そのバス、今さっきいったとこ」

背中《せなか》からきこえた声にふり返ると、シャッターの閉《し》まった和菓子屋《わがしや》の軒下《のきした》に叶井《かない》がいた。

あたしが「あ」というと、叶井はおだやかな笑みを浮《う》かべて、「よっ」といった。亜沙見があたしを見た。

「同じクラスの叶井くん」

「見ればわかるよ」

亜沙見はあきれたように肩《かた》を上げた。

「だよな、あーびっくりした」

叶井は数度まばたきをしてぷっと笑った。

「一ノ瀬《いちのせ》さんって天然？　オレ一応《いちおう》、八か月間クラスメイトやってんだけど。まさか東上《とうじょう》さんにそーいう紹介《しょうかい》されるとは思わなかった」

頬《ほお》がカッと赤くなった。

なにいってんだろう、あたし。いくらなんでも叶井に失礼だったかも。どうしようと頭をぐるぐるさせている間に、亜沙見はなにごともなかったように叶井に話しかけた。

「いっちゃったって、三十一分のバス？　まだ時間になってないのに」

「だよな。次のバス、五十五分だって」

亜沙見《あさみ》はため息をついて、叶井《かない》の横に並《なら》んだ。

「ひどーい」

「一ノ瀬《いちのせ》さんたちどこいくの？」

「えっ、あたしたちは」

答えにつまっていると、「叶井くんは？」と亜沙見が返した。

「オレはデート」

「叶井くんって彼女《かのじょ》いるんだ」

ちょっとびっくりしていうと、亜沙見に腕《うで》をこづかれた。

「あ、ごめん、そういう意味じゃなくて」

「そういう意味？」

「だからモテなそうとかそういう意味じゃなくてただ」

あたしが弁解《べんかい》をすると、叶井はくっと笑って、「フォローになってねー」と、大笑いした。亜沙見も一緒《いっしょ》に笑ってる。

「だ、だからそうじゃなくて」

「そうじゃなくて？」

といってあたしの顔を見て、またひとしきり笑ってから顔を上げた。目が涙目《なみだめ》になっている。

「そんなに笑うことないじゃん」

あたしがムッとすると、叶井は「わりい」と両手をあわせて、ふーと息をついた。

「一ノ瀬さんって正直だなーと思って」

「またばかにした！」

「違《ちが》う違う、っていうかデートの相手って彼女じゃないし」

「なにそれ、やばい系《けい》？」

亜沙見が顔をしかめると、叶井はあわてて手をふった。

「妹、オレの」

「妹？」

「そっ、小三」

あたしと亜沙見《あさみ》は顔を見合わせた。

「オレんち、親がリコンしたから。オレは父親んとこで、妹は母親んとこで暮《く》らしてんだ。つーことで今日は妹と一応《いちおう》デート」

叶井《かない》は首をひねりながら口角をあげた。

「そっか」

あたしがうなずくと、叶井はそーそーとうなずいた。

不思議なやつ……。この前も思ったんだ、叶井って深刻《しんこく》なことを天気の話をするみたいに話す。

「で、一ノ瀬《いちのせ》さんたちは？　どこいくの」

「あー、っと」

ごまかすつもりなんてないけど、あたしは行先を知らない。買い物、とか適当《てきとう》に答えてしまえばすむ話だってことはわかってるのに、うまくことばがこぼれてこない。

と、亜沙見が隣《となり》で息をついた。

「父親に会いにいくの」

えっ？

叶井が反応《はんのう》する前に、あたしが反応した。

「そうなの？」

「うん」

亜沙見は眉《まゆ》を動かしてあたしに苦笑した。

「東上《とうじょう》さんちは母子家庭なんだ」

「違《ちが》う違う、母子家庭は音羽《とわ》んち。あたしのとこは、もうちょっと複雑《ふくざつ》」

ふーんとうなずきながら、叶井は視線《しせん》を遠くにやって「バスきた」といった。

バスは空いていた。叶井は一番後ろの窓際《まどぎわ》の席に座《すわ》り、あたしと亜沙見はふたつ前のふたり席に並《なら》んで座った。

「なんでいったの？」

亜沙見《あさみ》の腕《うで》に軽くひじをあてた。

「ん？」

「叶井《かない》くんに」

ああ、と亜沙見は窓《まど》の外に顔を向けた。

「あっちが直球できたから、こっちもついね」

「そっか。……って、お父さんに会いにいくって本当？」

「うん」

亜沙見がいったお父さんというのは、たぶんお姉さんが昔、付き合っていたっていう人のことだ。会ったこともなければ、亜沙見の名前だって知っているのかすらわからない。

そんな人と会ってどうするつもりなんだろう。

「居場所《いばしょ》、わかってるんだ」

「昔の住所だけどね。母子手帳にメモしてあった」

ちらと顔をうしろに向けると、叶井はイヤホンを耳にあてて目をつぶっていた。なにを聴《き》いているんだろう。と思って、あわてて、どうでもいいけどと打ち消していると、ふいに叶井が目をあけた。目が合うと、「ん？」と温和な笑みを浮《う》かべながら首をかしげた。ううんとかぶりをふって前を向いた。

市役所前のバス停で、前のほうに座《すわ》っていた数人が下りて、杖《つえ》代わりのショッピングカーのようなものを押《お》しているおばあさんが乗ってきた。バスは、おばあさんが優先席《ゆうせんせき》に座ると静かに動きだした。

通路をはさんだ反対側の窓に目をやると、窓ガラスを水滴《すいてき》がはじいている。

「雨」

「だね」

亜沙見が窓の外を見ながらいった。

「傘《かさ》、持ってくればよかった」

「大丈夫《だいじょうぶ》だよ、駅に入っちゃったら必要ないもん」

「あたしたち駅にいくの?」

「うん。花沼《はなぬま》で電車に乗りかえて、南武渋沢《なんぶしぶさわ》まで」

渋沢は南武線《なんぶせん》の終点に近い駅だ。

「南武渋沢っていったことないな」

「あたしだってないよ。生まれたときは住んでたみたいだけど」

人さし指を唇《くちびる》にあてて亜沙見《あさみ》は苦笑した。

「まだ住んでると思う? お父さん」

「どうだろ」

亜沙見のお姉さんと同じ年ということは、三十歳《さい》だ。もう結婚《けっこん》していてもおかしくないし、そうでなくても家をでている可能性《かのうせい》は十分にある。バスのアナウンスに亜沙見は「次だよ」といって、降車《こうしゃ》ボタンを押《お》した。

エンジン音が低くなり、停留所《ていりゅうじょ》で止まった。あたしが立ち上がると、「降《お》りるの?」とうしろから叶井《かない》の声がした。ふり返ってうなずくと、「オレ、終点まで」と右手を上げた。

「じゃあね」

「ん、月曜に」

それには応《こた》えないまま、あたしは胸《むね》の前に小さく手をあげてバスを降りた。

いつの間にか、雨は本降《ぶ》りになっていた。蒸《む》すような独特《どくとく》の雨の匂《にお》いがアスファルトから立ち上ってくる。

「音羽《とわ》、早く！」

先に降りた亜沙見が、あたしの手を引いて、駅のほうへかけだした。

その横を、叶井を乗せたバスが追い越《こ》していった。

——月曜に。

叶井の声が、じんわりからだの奥《おく》にしみていく。

月曜日、あたしと亜沙見はどこにいるだろう。

南部渋沢のホームに降りたところで空を見上げると、重たそうな雲が空一面、たれこめている。雨のせいか、急に気温が下がった気がしてあたしは首をちぢめた。

「寒い？」

「ちょっとね。亜沙見《あさみ》は？」

「平気」

改札をでるとすぐ右手に『にこにこマート』と書いてある店があった。コンビニっぽい店だ。そこでビニール傘《がさ》を買おうと雨の中を走ったけれど、傘は置いていなかった。しかたなく、あったかい缶紅茶《かんこうちゃ》をふたつ買って外にでると、雨はさっきより強くなっていた。

「音羽《とわ》はここで待ってて。あたし傘探《さが》してくるから」

「あたしもいくよ」

雨の中にとびだしていきそうな亜沙見の腕《うで》をあわててにぎった。

「ふたりしてぬれることないでしょ」

「でも」

亜沙見は苦笑した。

「大丈夫《だいじょうぶ》だよ、にげないから」

「そんなこといってないよ！　ただ」

亜沙見の腕をつかんでいた手を離《はな》して、ポケットに手を入れた。

「ごめん音羽、冗談《じょうだん》」

ううん、とかぶりをふった。

「あたしもごめん」

たぶん、雨のせいだ。この雨の音。雨が降《ふ》ると、気持ちが弱くなる。ふいに小三のころの自分にもどってしまう。


あの日も、たしか昼すぎから雨が降りだした。

クリスマスが終わって、そろそろお正月の準備《じゅんび》が始まるころ、郵便《ゆうびん》受けにあたし宛《あ》ての手紙が入っていた。桃色《ももいろ》にいちご模様《もよう》のかわいい封筒《ふうとう》。差出人は、依里子《よりこ》ちゃん。封筒のなかは見なくてもわかった。だって、この時期には毎年こうやって依里子ちゃんは、お誕《たん》生日会《じょうびかい》の招待状《しょうたいじょう》をあたしにくれたから。去年までと違《ちが》ったのは、手渡《てわた》しでなく、郵便受《ゆうびんう》けに入ってたってことだ。でも切手が貼《は》ってなかったから、依里子《よりこ》ちゃんはうちまで持ってきてくれたんだってわかった。うちまできたなら、ピンポンって鳴らしてくれればよかったのに、と思いながら、そうできなかった依里子ちゃんの気持ちもわかって、胸《むね》の奥《おく》がしくしくした。依里子ちゃんとはずっとあそんでないし、口だってほとんどきいていない。話しかけられれば答えるけれど、あたしから話しかけることはなかった。清美《きよみ》ちゃんの機《き》嫌《げん》を損《そこ》ねることはしたくなかったし、嫌《きら》われるのがこわかったから。そのためなら、依里子ちゃんを犠牲《ぎせい》にしてもしかたがないと思った。べつに無視《むし》してるわけじゃないし、いじわるをしているわけでもない。ただ前みたいにあそばなくなって、話をしなくなっただけなんだから。

清美ちゃんといると、あたしまで特別な子になった。クラスの友だちも、清美ちゃんと仲のいいあたしのことをチヤホヤして、耳触《みみざわ》りのいいことばかりいった。それは、すごく気持ちがよかった。

なのに、楽しいはずなのに、清美ちゃんと一緒《いっしょ》にいるとすごく疲《つか》れた。疲れて、疲れて、ふっと依里子ちゃんとあそんでいたころのことを思いだしていた。依里子ちゃんといて、疲れたなんて思ったことがない。

次の日曜日、あたしは清美ちゃんにナイショで依里子ちゃんの誕生会《たんじょうかい》にいった。いちごのケーキにからあげ、ピザ、ポテトサラダ、フライドポテト、それから依里子ちゃんの大好物のスパゲッティミートソース。おいしいごちそうを食べながら、あたしたちはひさしぶりだったことも忘《わす》れるくらい、おしゃべりをして、たくさん笑った。

昼すぎ、依里子ちゃんのお母さんが「外であそんできたら？」っていったけど、ちょうど雨が降《ふ》ってきて、あたしたちは家の中であそぶことにした。あたしはちょっとホッとしていた。外であそんでいたら、清美ちゃんに会っちゃうかもしれない、と気になったからだ。窓《まど》ガラスをぬらしている雨粒《あまつぶ》にあたしは感謝《かんしゃ》した。あたしたちは、トランプをしたり、ボードゲームをした。依里子ちゃんちには、清美ちゃんちみたいなゲーム機はなかったけれど、すごく楽しかった。

三時になって、「帰るね」というと、依里子《よりこ》ちゃんは傘《かさ》を持ってでてきて、途中《とちゅう》まで送るっていった。「雨だからいいよ」っていったけど、依里子ちゃんはにっこり笑って傘を広げた。

このとき、ちゃんと断《ことわ》ればよかったのにできなかった。だって依里子ちゃんがすごくうれしそうに笑うから……。

依里子ちゃんちをでて、ふたつ目の角をまがった駐車場《ちゅうしゃじょう》の前まできたとき、正面から見覚えのあるレモン色の傘が近づいてきた。清美《きよみ》ちゃんだ。思わず立ち止まると、依里子ちゃんは「どうしたの?」とふり返った。

話しかけないで。

放っておいて。

ここから消えて。

お願い。

あたしは、清美ちゃんにではなく、依里子ちゃんに向かって心の中で叫《さけ》んでた。

「音羽《とわ》ちゃん？」

さっきまで心地よかったはずの依里子ちゃんのやわらかな声が、突然《とつぜん》、ねっとりとべたついたもののように感じた。同時に、正面からの視線《しせん》に肌《はだ》がひりひりした。

「音羽っ」

顔を上げると、清美ちゃんが口角を下げてあたしを見ていた。あたしはとっさにううん、と首をふった。

「音羽って仲いいんだぁ、こんな子と」

「違《ちが》うよ！　仲なんてよくない！」

隣《となり》で依里子ちゃんが息を吸《す》った。

「だよね、あーびっくりした。音羽はこっち側だもんね。これからうちにこない？　ママがシフォンケーキ焼いてくれるんだ」

「いく！」

あたしは、依里子ちゃんをふり返ることもしないで、清美ちゃんのほうへかけていった。

「音羽《とわ》ちゃん……」

小さな、小さな声が背中《せなか》からきこえた。

あたしは、依里子《よりこ》ちゃんをうらぎって、ふみつけにして、傷《きず》つけた。

あの日から依里子ちゃんはあたしに話しかけてこなくなった。四年生になって転校した依里子ちゃんに、二度手紙を書いたけれど、返事はこなかった。

依里子ちゃんは、あたしのことをきっと許《ゆる》してくれない。あたりまえだ。

清美《きよみ》ちゃんとは四年でクラスが替《か》わって、自然とあそばなくなった。でももしも同じクラスになっても、清美ちゃんは前みたいにあたしにかまってこなくなっていた気がする。

清美ちゃんはあたしのことを好きだったわけじゃない。あたしにこだわったのは、きっと依里子ちゃんに対するいやがらせだったんだ。

いまも、傘《かさ》にあたる雨の音をきくと、依里子ちゃんの悲しそうな声を思いだす。

人との距離《きょり》のとりかたも、付き合いかたも、あのころよりずっとうまくなった。小学生のころとは違《ちが》う。

なのに雨音をきいていると、あのころのあたしにもどってしまう。

「小さいときから、雨の音が苦手なんだ」

「そうなの？　はじめてきいた。いってくれればよかったのに」

「いわないよ、恥《は》ずかしいもん」

亜沙見《あさみ》は缶紅茶《かんこうちゃ》を頬《ほお》にあてるようにして「そっか」とうなずいた。

「そうだよ」

あたしが苦笑すると、亜沙見も笑った。

「あたしはただ、音羽を雨にぬらしたら悪いと思って。だって、あたしのせいで風邪《かぜ》とか引いちゃったらいやだし」

「風邪なんてひかないよ」

かこん、と缶紅茶のプルトップをあけて口をつけたとき、自動ドアの向こうから店員さんがでてきた。あたしたちより少し年上くらいに見える若《わか》い男の人だ。

「あのぉ」

「あ、すみません、いまいきます」

店の前につったっていることを注意されたのかと思って頭を下げると、店員さんは、
はっ？　と間の抜《ぬ》けた声をだして、手に持っている傘《かさ》をあたしたちのほうへ動かした。

あたしと亜沙見《あさみ》が顔を見合わせていると、「これ」ともう一度傘をつきだした。

「忘《わす》れもんの傘だから。ん」

あたしがとまどっていると、亜沙見が手を伸《の》ばした。

「ありがとうございます」

「べつに、オレんじゃないし」

店員さんはそういうと、表情《ひょうじょう》を変えずに店の中へ入っていった。

「親切、だね」

「うん。けど、オレんじゃないしってどうなんだろう」

あたしがいうと、亜沙見が笑った。

「ダメだよね、オレんじゃないのを人にあげたら」

「だよね」

あたしもおかしくなって笑った。

「いこ」

店に向かって軽く頭を下げると、亜沙見はぱんっ、と傘を開いた。

透明《とうめい》な傘の上を雨粒《あまつぶ》が勢《いきお》いよくうちつけている。普通《ふつう》のビニール傘より大きいのか、ふたりで入っても少し肩《かた》がぬれるくらいだった。

駅前のロータリーをぬけて、南の方へ歩いていくと、住宅街《じゅうたくがい》になっている。家と家のあいだに、思いだしたように畑があり、土の上に白菜とネギが顔をだしている。

農家にしては小ぶりだけど、どの畑も家庭菜園というには広すぎる。

亜沙見はポケットからしわの寄《よ》ったメモ用紙をとりだした。

「傘持つよ」

「あ、うん、ありがと」

傘《かさ》を受けとりながらメモ用紙を見ると、住所らしきものが書いてあった。

「住所だけでわかるの？」

「まえに地図アプリで調べたことがあるからなんとなく」

「もう一回検索《けんさく》してみる？」

あたしがスマホをとりだすと、亜沙見《あさみ》はかぶりをふった。

「ごめん、自分でいきつかなかったら意味がない気がして。この住所の家にいったたって、いま住んでいるかわからないし、ばかみたいって思うけど」

「ううん」

あたしがいうと、亜沙見は小さくうなずいた。

その人に会えたら、亜沙見は、なにをいうつもりだろう。なにをきこうと思っているんだろう。

亜沙見はその人に会って、少しでもラクになれるんだろうか？

なんだか、こわい。

会って、もしも余計《よけい》に傷《きず》つくことになったら、そのときあたしは、亜沙見をちゃんと支《ささ》えてあげられるんだろうか。

そう思うと、いっそのこと家なんか見つからないほうがいいような気持ちになる。もしかしたら亜沙見だって……。

「ここだ」

「えっ、うそ⁉」

家は、あっけなく見つかった。

門柱のインターフォンの上に『松木《まつき》』と書いてあるタイル素材《そざい》の表札がでている。

「普通《ふつう》の家だね」

目の前に建っている二階建ての家を見て、亜沙見がいった。

たしかにどこにでもありそうな、おしゃれとはいいがたい、ごく普通の家だ。最近塗《ぬ》り直したのか、外壁《がいへき》だけが妙《みょう》にきれいで厚塗《あつぬ》りのおばさんのように見える。

門柱の横には駐車場《ちゅうしゃじょう》があって、白いワンボックスカーと自転車が一台とまっていた。

門の中をのぞいていた亜沙見《あさみ》が顔を向けて、傘《かさ》を持つあたしの腕《うで》を引っ張《ぱ》った。

「見て」

「なに？」

亜沙見の視線《しせん》の先に目をやると、玄関《げんかん》の横に黄色い三輪車があった。

「子どもがいる、ってことだよね」

「たぶん。でも、その人の子どもとはかぎらないよ」

あたしがいうと、亜沙見は苦笑した。

「気を遣《つか》わなくていいよ。そんなことでショック受けたりなんてしないから」

そのとき「あのー」と声がした。ふり返ると髪《かみ》の毛《け》をツインテールにした女の子とショートカットの中年のおばさんが手をつないで立っていた。

「うちになにか？」

中年のおばさんが怪訝《けげん》そうな顔をしていった。

うそっ、やばい。

あたしは亜沙見の腕をにぎってかけだした。走りながら、にげるなんてあやしすぎるって思ったけど、とっさにからだが動いてしまった。

「音羽《とわ》、音羽ってば」

ふたつ目の角を曲がったところで、亜沙見が手をふりはらった。足を止めてふり返ると、亜沙見は雨のなかで息を切らしている。

あわてて亜沙見の上に傘を動かすと、亜沙見はすっと押《お》し返した。

「音羽もぬれてる」

「え、あ、本当だ」

靴《くつ》の中もぐしょぐしょと音を立てている。

「急に走りだすからびっくりしちゃった」

「ごめん。気づいたら走ってた」

あたしがいうと、亜沙見は息をついて顔を上げた。

「あの人たち、あたしと似《に》てた？」

「えっ？」

「あたし、お姉ちゃんとあんまり似《に》てなかったから、父親似なのかなって。ってことは、あの人たちとも似てる可能性《かのうせい》あるってことでしょ。だって、あたしのおばあちゃんと妹ってことだから」

「わかんないよ。一瞬《いっしゅん》しか見てないし」

「そっか」

「……似ててほしいの？」

「どうだろ。似てたくは、ないかな」

「うん」

「似てたとしたら、お姉ちゃんに悪いなって」

「そんなこと」

「あるよ。そんなこと」

はっきりとした口調で答えた亜沙見《あさみ》の髪《かみ》から、水滴《すいてき》がぽたんと落ちる。

「じゃあ亜沙見は、どうして会いにきたの？」

ここへくるまでのあいだ、何度も考えて、ききたかったけれど、きけなかったことだ。

亜沙見の視線《しせん》が、わずかに泳いだ。

「確《たし》かめたかっただけ」

これ以上きいちゃいけない、きくことじゃない。なのに止まらなかった。

「なにを確かめたいの？」

「……お姉ちゃんのこと、本当に好きだったかどうか」

「そんなのあたりまえじゃん」

「そうかな？　わからないよ。だって中三の男子だよ、その場の勢《いきお》いとかさ、雰囲気《ふんいき》とか、興味《きょうみ》とか、ただやりたかっただけだったかも」

「亜沙見！」

「だって、わかんないじゃん。お姉ちゃんにききたくてももうきけないんだよ」

「そんなことをきいてどうするの？」

「どうもしない。でも知りたいの。あたしはお姉ちゃん以外のだれからも、望まれずに生まれたんだよ。だけど、だけどふたりが本当に好き同士だったなら、あたしが生まれたことは全部がまちがっていたわけじゃなかったって思える。ううん、社会的にはまちがってたとしても、あたしは自分にオッケーっていってあげられる」
亜沙見《あさみ》はあたしの目をじっと見た。
「それって、あたしにとって生きる理由になると思うんだ」

――死ぬことの理由なら簡単《かんたん》に見つかるんだよ。

あたしの部屋で亜沙見はそういった。
お姉さんのことを知ってから、亜沙見はずっと考えてきたんだ。ひとりでずっと。

――死にたいわけじゃないけど、生きる意味が見当たらないの……。

でも亜沙見、そんなの亜沙見だけじゃないよ。生きる意味なんて、あたしだってわからない。考えたことだってない。だけど意味なんて考えなくてもあたしは生きている。これからだって生きていく。生きることに意味なんて必要なの？

「雨、やんだね」

亜沙見が空を見上げた。

「理由なんて」

ぼそりというと、亜沙見はすっとやわらかく目を細めた。

あたしと亜沙見は、もう一度松木《まつき》さんの家に向かった。玄関先《げんかんさき》にライトがついていて一階と二階の中間にある小窓《こまど》からもやわらかく灯《あか》りがにじんでいる。

「煮魚《にざかな》かな」

甘辛《あまから》いような醬油《しょうゆ》の匂《にお》いに亜沙見が鼻を動かした。

「亜沙見《あさみ》って煮魚《にざかな》好きだったっけ？」

「ぜんぜん。でも匂《にお》いは好き」

「ああ、そういうのあるよね。あたしもコーヒーを飲むのは苦手だけど、いい匂いだなって思うもん」

あたしたちは松木《まつき》さんの家のまわりをぐるっと一周してから、数軒《すうけん》先にあるアパートの階段《かいだん》の下にしゃがんだ。ここからなら松木さんちの門がよく見える。

「家にいかないの？」

「チャイム鳴らして？　まさか。あたし、松木さんの家族に迷惑《めいわく》をかけるつもりはないもん。だから家に入る前につかまえる」

亜沙見の声が大きかったのか、すぐうしろの部屋の小窓《こまど》が開く音がした。しゃがんだまま生垣《いけがき》の外へ移動《いどう》していると、角をまがってきたトレンチコート姿《すがた》の女の人が、あたしたちを怪訝《けげん》そうに見ながら通りすぎていった。

「もしかしたらあたしたち、あやしい？」

「かなりね。でも悪いことしてるわけじゃないし」

「そう、だよね」

それなら、なんでこんなにこそこそしてるんだろう。亜沙見が会おうとしているのは実の父親だ。堂々《どうどう》と、玄関《げんかん》からたずねていったってだれにとがめられる筋合《すじあ》いでもない。

亜沙見は傘《かさ》をばん、と広げて正面にたおした。透明《とうめい》なビニール傘の内側にいる亜沙見は、水槽《すいそう》の中に閉《と》じこめられて息苦しそうにしている金魚みたいだ。

「でもさ、あの家に住んでる人たちにとっては、悪いことなのかもしれない。あたしのしようとしていること」

「悪いことなんかじゃないよ」

あたしのことばに亜沙見は小さく笑った。

「叶井《かない》くん、今ごろどうしてるだろうね」

「叶井くん？」

自分でも驚《おどろ》いた。なんとなく空気をかえたくて、思いついたことを適当《てきとう》にいったつもりだったのに、なんで叶井《かない》のことなんていったんだろう。

「ほ、ほら、妹に会うっていってたから」

「ああ、そうだったね」

「あたし、叶井くんちのこと全然知らなかった」

「そりゃそうでしょ。親が離婚《りこん》したとか、そんなこといちいちいったりしないもん」

亜沙見《あさみ》があきれたようにいった。

「そうじゃなくて。なんていうか、みんないろいろあるんだなって。あたしんちもほかの人から見たら普通《ふつう》じゃないんだろうけど、でも、あたしにとっては普通なんだよね。っていってもあたしはうちの事情《じじょう》をペラペラしゃべったりはしないけど」

そういうと、亜沙見はふっと笑った。

「普通なんて人によって違《ちが》うしね」

「うん」

普通じゃないことでも、時間がたったらそれがあたりまえになって、自分のなかでいつのまにかそれが普通になる。叶井が普通にいえるのは、きっと叶井のなかではそれが普通のことだから。……ううん、そうじゃない、違う。普通だからじゃなくて、普通にしようとしているんだ。

そうやって少しずつ、あたしたちはまわりの環境《かんきょう》に慣《な》れていく。どんなに受け入れがたいことでも、異質《いしつ》なことも、自分にとっての普通に変えながら生きていく。

だって、異質なものを異質なものとして抱《かか》えて生きていくのは、けっこう苦しいから。

「でもね」

あたしがいったとき、亜沙見がすっと背筋《せすじ》を伸《の》ばした。

「音羽《とわ》、あたしは普通に変えちゃダメなことってあると思うんだ」

そういうと、亜沙見は傘《かさ》を置いたまま立ち上がった。スカートが小さくゆれて、開いたままの傘が道の真ん中へ転がる。

「あっ」

転がった傘にあたしが手を伸ばすと、その前を亜沙見が通りすぎていった。

亜沙見《あさみ》？

背中《せなか》を目で追うと、その先に男の人がいた。

男の人は、松木《まつき》さんの家の駐車場《ちゅうしゃじょう》の隅《すみ》に自転車を止めている。

「松木さん」

亜沙見が呼《よ》びかけると、その人はふり返った。大きな声ではないけれど、静かな住宅街《じゅうたくがい》に亜沙見の声はよく通った。

あたしは一瞬躊躇《いっしゅんちゅうちょ》して、あわててかけよった。

「松木守《まもる》さんですか」

亜沙見がいうと、松木さんはとまどったような表情《ひょうじょう》で亜沙見とあたしを交互《こうご》に見た。

切れ長の目が亜沙見と似《に》ている。ゆるいウエーブのある短い髪《かみ》がよく似合《にあ》っていて、想像《そうぞう》していたより若《わか》く見える。大学生っていっても通用しそうだ。

「そうだけど、えっときみは」

「東上日菜子《とうじょうひなこ》の娘《むすめ》です」

少しの迷《まよ》いもなく、まっすぐに松木さんを見上げて亜沙見はいった。松木さんは目の前にいる亜沙見を見たまま、数秒間動かなかった。それから「へっ？」と、口を動かした。

「東上日菜子。わたしの母です」

「ちょ、ちょっと待って」

松木さんは、一度亜沙見に背中を向けて、それからまた、からだを向けた。

「名前、きいてもいいかな」

「亜沙見です。アジアの亜《あ》に、さんずいに少ないの沙《さ》、それから見きするの見です」

「亜沙見、ちゃん……」

あさみちゃん、あさみちゃん、と松木さんは地面を見つめながら、口の中で亜沙見の名前を何度かくり返して、ぱっと顔を上げた。

「日菜、お、お母さんは、元気ですか？」

亜沙見はそれには答えず、松木さんの薬指に視線《しせん》を落として口角を上げた。

「結婚《けっこん》してるんですね」

松木《まつき》さんはこくんとうなずいて、「三年前に」と答えた。

「お子さんは？」

「二歳《さい》の娘《むすめ》がひとり」

ひとり……、無意識《むいしき》にいっただけだってことはわかる。松木さんにとって、いま家族といえる子どもはたしかにひとりだとも思う。だけど、やっぱり無神経《むしんけい》だ。この人は目の前にいる亜沙見《あさみ》のことを、わかっているんだろうか。わかっていてそういっているんだろうか？

「あの、よかったらどこか別の場所で」

ちらと家のほうを見て松木さんがいうと、亜沙見はかぶりをふった。

「すぐにすみます」

「はい、あ、でも」

松木さんのことばを断《た》つように亜沙見は口を開いた。

「東上日菜子《とうじょうひなこ》のこと、どう思っていますか？」

松木さんの大きなのどぼとけが上下に動いた。

「どうっていわれても……、幸せに、なってくれているといいなって」

じっと見上げている亜沙見から、松木さんは視線《しせん》をそらした。

「ぼくがいえることじゃないんだけど……」

「どうしてですか？」

「ぼくは、彼女《かのじょ》を傷《きず》つけたから」

「母のこと、好きでしたか？」

「はい。……あの、やっぱり別の場所で」

「ここでいいです」

おさえた声だけれど、亜沙見のことばにはノーをいわせない強さがあった。

「あとひとつだけ、答えてください。あなたはあのとき、母を好きになったことを、後悔《こうかい》していますか」

亜沙見の声が、かすかにふるえた。

ふたりの影《かげ》が道路に伸《の》びている。その向こうを制服《せいふく》を着た男の子が自転車で走りぬけていった。

松木《まつき》さんは息をすって、それから小さくうなずいた。

「守《まもる》くん？」

ふいに声がして、ふり返るとショートカットの少しふっくらとした女の人が首をかしげて立っていた。

「お客さま？　入ってもらえばいいのに」

女の人は笑顔で、あたしと亜沙見《あさみ》に会釈《えしゃく》しながら松木さんの隣《となり》に並《なら》んだ。

この人が奥《おく》さん？

松木さんと比《くら》べると、なんとなくダサい。と思ってしまうのは、運動部の女子みたいなおしゃれ感ゼロの髪型《かみがた》のせいか、妙《みょう》に健康的な笑顔のせいか……。とにかくふたりが並んでいる姿《すがた》を見て「お似合《にあ》いですね」とは、まずいわれないだろうっていう組み合わせだ。

「道をきいてただけです」

亜沙見は、いこっとあたしの手をにぎって踵《きびす》を返した。うしろから「あの！」と、一度、松木さんの声がしたけど、亜沙見は立ち止まらなかった。

「いいの？」

「いい。ききたいことはきけたから」

亜沙見がいいというならいいんだ。外野が口をはさむことじゃない。

そう思うのに、わかっているのに、すっきりしない。だって、こんな顔をした亜沙見をこれまで見たことがない。

会ってよかったと思っているのか、後悔《こうかい》しているのか、泣きたいのか怒《おこ》っているのか、ホッとしているのか……。顔からも、声からも、なにも伝わってこない。ううん、伝わらないというより、ない。感情《かんじょう》がぽかりとぬけ落ちたような、まるで能面《のうめん》みたいだ。

「待ってっ」

にぎられている腕《うで》をぐいと引くと、亜沙見は足を止めてふり返った。

「亜沙見どうしたの？」

視線《しせん》はあたしに向いているのに、亜沙見《あさみ》はあたしを見ていない。

「どうもしないよ」

「うそ、そんなのうそ。どうしてうそをつくの？　いってよ。じゃないとあたしがここにいる意味ないじゃん。なんのために一緒《いっしょ》にきたと思ってるの！」

「……」

「あたし、亜沙見のためならなんだってしたいと思ってるよ。ううん、できると思ってる。亜沙見ひとりじゃできないことだって、あたしとふたりでなら」

色素《しきそ》の薄《うす》い、ヘーゼルの色をした亜沙見の瞳《ひとみ》がゆれた。

亜沙見の手をにぎった。

「あたしにできることない？」

「…………」

「亜沙見の力になりたいの。あたしがもう一度松木《まつき》さんに」

「それなら」

「ん？　なに？」

のぞきこむようにあたしが顔を近づけると、亜沙見の唇《くちびる》が動いた。

イッショニ　シンデクレル？

喉《のど》の入り口で息がつまった。呪文《じゅもん》でもかけられたようにからだが硬直《こうちょく》して、頬《ほお》がこわばる。

きっと、一秒か二秒のことだったのだと思う。そのあとあたしは思わずからだを引いた。

刺《さ》すような冷たい風が、あたしたちの間をすりぬけていく。

亜沙見の瞳が、あたしをしっかりとらえている。さっきまでの、あの能面《のうめん》のような表情《ひょうじょう》が消えて、見たこともないくらいおだやかな、優《やさ》しい顔をしている。

「うそだよ」

亜沙見はそう笑って、歩きだした。

うそ、違《ちが》う、うそなんかじゃない。亜沙見《あさみ》はいま本気だった。本気でいった。

なのに亜沙見がうそだといったとき、あたしはホッとした。亜沙見のうそににげようとした。

前を歩く亜沙見の背中《せなか》を見て、唇《くちびる》をかんだ。

にげないって決めたのに、あたしはまた、同じことをしようとしている。それに気づいたから、亜沙見はうそだなんていったんだ。

「亜沙見」

あたしはうしろから亜沙見の手をつかんだ。

「いいよ」

「えっ？」

亜沙見がふり返った。

「いいよ。亜沙見が一緒《いっしょ》に死んでほしいっていうなら、いいよ」

5

反対のホームを通過《つうか》していった下りの急行電車は混《こ》んでいたけれど、上りの電車は拍子《ひょうし》ぬけするほど空いていた。

並《なら》んで座《すわ》ると、向かいの窓《まど》ガラスにあたしたちが浮《う》かび上がった。窓ガラスのなかのあたしたちは、暗がりのなかにいる。そこはとてもしんとした世界で、すべてがうつろに見える。もしかしたら、死後の世界ってこんな感じなんじゃないだろうか。そんなことを思った瞬間《しゅんかん》、下り電車とすれ違《ちが》った。ゴオオオという音と一緒に、あたしたちは窓のなかから数秒消えて、また静かに浮かんだ。

終点で降《お》りると、街のなかは人であふれていた。楽しそうに笑い合っている人たちもいれば、無表情《むひょうじょう》に歩いていく人もいる。待ち合わせをしているのか、スマホをながめながらガードレールに座《すわ》っている人やからだを寄《よ》せ合っているカップルのそばで、つまらなそうな顔でチラシを配っている人もいる。

このなかの何人が、生きる意味なんて考えながら生きているだろう。

だまったまま、人の流れにのって街を歩いた。駅前に店が集中して、商店街をすぎるとぱたりと静かになるあたしたちの街とは違《ちが》う、歩けば歩くほどにぎやかになる街。こんなに大勢《おおぜい》人がいるのに、このなかにはあたしたちを知っている人はだれもいない。それは心細いような、ひどく気楽なような不思議な感覚だった。

「おなかすかない？」

亜沙見《あさみ》はううんと首をふったけど、あたしはとりあえずマックに入った。

「亜沙見、なににする？」

「アイスティー」

「それだけ？」

「うん」

「じゃあ、先に上いって席とっておいて」

あたしは二階を指さして、列に並《なら》んだ。

「お決まりでしたらこちらへどうぞ」

右端《みぎはし》のレジで、大げさすぎる笑顔を向けるお姉さんの前へいき、あたしはチキンフィレオのセットをふたつ注文した。

食欲《しょくよく》がないのかもしれないけど、お金のことを気にしているのかもしれない。所持金ゼロの亜沙見は、バスに乗るときも、電車に乗るときも「ごめんね」っていっていたから。

トレーをもって二階へいくと、フロアの端《はし》のふたり席に亜沙見がいた。

「おまたせ。けっこう混《こ》んでるね」

「うん。ここ、ちょうど空いたとこだった」

せまいテーブルにトレーを置くと、亜沙見は「あっ」といってあたしを見た。

「亜沙見《あさみ》、チキンフィレオ好きでしょ」

「ごめん、全部だしてもらっちゃって」

「またそんなこといってる。まだ二万円近く残ってるんだよ。お金持って死んだってしかたないじゃん」

あたしがいうと、隣《となり》の席でコーヒーをすっていたおじさんがこっちを見た。

「音羽《とわ》」

あたしは舌《した》の先をのぞかせて「食べよ」っとポテトをつまんだ。

おじさんはちらちらこっちを見ていたけど、あたしたちは、この間まで観《み》ていたドラマの話とか、隣のクラスの森田《もりた》くんがモデルのオーディションに応募《おうぼ》したけど書類選考で落ちたことや、中央公園に出没《しゅつぼつ》するチャボを肩《かた》にのせたおじさんの話とか、どうでもいい話をした。話しながら亜沙見はよく笑った。

これから死のうっていう人間がこんなに笑えるものだろうか？　こんなに笑えるのなら、死ぬ必要なんてないような気がする。それとも、死ぬって決めたから笑えるんだろうか。

最後のポテトを口に入れて、紙ナプキンで指先をこすった。

店内の時計を見ると、九時少し前だった。隣のおじさんもいつの間にかいなくなっていた。

「おばさん、もう帰ってるかな」

亜沙見の声のトーンが少し下がった。

「今日はもう少し遅《おそ》いよ。あと一時間くらいかな」

「そっか」

「うん」

あたしは、ストローに口をつけて、ずずっと音をたてた。

「亜沙見、ひとつきいてもいい？」

「いいよ。どうぞ」

亜沙見はテーブルについていたひじをおろして、ももの上に手をのせた。

「そんなに改まらないでよ」

あたしが苦笑すると、亜沙見《あさみ》はふっと息をついた。

「あのね」

「うん」

「……どうしてなの？」

ん？　と亜沙見が首をひねった。

「松木《まつき》さん、お姉さんのこと好きだったって、そういったよね」

「……」

「亜沙見、いったじゃん。ふたりが本当におたがいを好きだったなら、生きる理由になるって。それなのになんで」

なんで、あんなこといったの？

――イッショニ　シンデクレル？

なんで、あんなことを……。

「ふたつ目の賭《か》けに負けたから」

「賭け？」

「うん、賭け。賭けに勝ったら、あたしは生きていくって決めてたの。お姉ちゃんが生きられなかった分も」

「ふたつの賭けってなに？」

「そんなのきいてもおもしろくないよ」

「いいよ、おもしろくなくたって。っていうか、あたしにはそれをきく権利《けんり》があると思う」

なにそれ、と苦笑する亜沙見に急に腹《はら》が立った。

「亜沙見が一緒《いっしょ》に死んでっていったんだよ」

思わず声が大きくなると、前の席に座《すわ》っている金髪《きんぱつ》のお兄さんがスマホを持ったままふり返った。

「音羽《とわ》ってば声大きいよ」

「だって」

入り口の方の席で、制服《せいふく》を着た高校生くらいの女の子四人が声を立てて笑った。

スポーツバッグの横に、ラケットが置いてある。部活の練習か試合の帰りなんだろう。

「テニス部かな」

亜沙見《あさみ》がふり返ってぼそりといった。

あたしも亜沙見も一年の最初、テニス部に入ったけど、亜沙見は入部して二か月でやめた。

亜沙見は、とにかく練習を休みがちだった。練習にでるたびに先輩《せんぱい》に怒《おこ》られて、みんながラケットを持たせてもらえるようになっても、ひとりで校庭を走らされたり、基礎《きそ》トレーニングばかりさせられていた。亜沙見はいわれた通り走ったり、腹筋《ふっきん》をしていたけど、結局、先輩に「練習にでないならやめなよ」といわれてやめてしまった。

亜沙見はただ練習をさぼっていたわけじゃない。あのころ、お姉さんがまた入院して、亜沙見は毎日病院へ通っていた。そのことを先輩に話すようにすすめたけど、亜沙見はいわなかった。いいわけをするようでいやだったのか、妙《みょう》な同情《どうじょう》をされたくなかったのか、理由はわからない。でもあのときもあたしはなにもしなかった。年なんかひとつしか違《ちが》わないのに、あたしは先輩がこわかった。にらまれて面倒《めんどう》なことになるのもいやだった。亜沙見をかばってあげることもせず、あたしは自分が傷《きず》つかないところへ避難《ひなん》して、そこから心配そうな顔をしているだけだった。

あたしが亜沙見の事情《じじょう》を話していたら、先輩だってやめろとはいわなかったはずだ。そうしたら、今は違っていたのかもしれない。好きなことがあって、それに夢中《むちゅう》になっていたら、それが、亜沙見にとっての生きる意味になっていたのかもしれない。

亜沙見が退部《たいぶ》して、しばらくしてあたしもテニス部をやめた。

どうせやめるなら、亜沙見と一緒《いっしょ》にやめればよかった。それより、亜沙見がやめずにすむ方法を一緒に考えればよかったんだ。

あたしはいつも、後悔《こうかい》ばかりしている。

「音羽《とわ》、ありがと」

「えっ？」

「もうムリしないでいいよ。音羽は、死ぬ理由も必要もないんだから」

「理由なら、あるよ」

「それは、あたしがいったからでしょ。あんなのうそだよ。一緒《いっしょ》に死んでなんて、本気でいうわけないでしょ」

亜沙見《あさみ》は視線《しせん》を落として、ストローの先を指でなでた。

「ひとつ目の賭《か》けは、お姉ちゃんのことを好きだったかってこと」

あたしは亜沙見から視線をそらさず、ゆっくりうなずいた。

「もうひとつは、松木《まつき》さんにした最後の質問《しつもん》」

「最後の？」

最後に亜沙見がいったこと、なんだっただろう。

あのときあたしはハラハラしながらふたりを見ていた。ふたりの話をきいていいのかもわからず、かといって、その場を離《はな》れることもできず、意識的《いしきてき》に耳を閉《と》ざしていた。それでも、松木さんがお姉さんのことを好きだったということばだけはしっかりきいていたし、それで安堵《あんど》してもいた。

亜沙見が一番ききたかったことばをきけたんだって。

ふたつ目の賭け、最後の質問……。

あたしがだまっていると亜沙見は続けた。

「お姉ちゃんを好きになったことを後悔《こうかい》していますかって」

そうだ、たしかにいっていた。場所を変えて話そうという松木さんに向かって、亜沙見はここでといって、最後にいったんだ。

「松木さん、うなずいたんだよ。だからあたしの負け。ふたりは、お姉ちゃんと松木さんはまちがったことをしたんだと思う。だけど、あたしは松木さんにはお姉ちゃんを好きになったこと、後悔していてほしくなかった」

「……いいじゃん、松木さんがどう思ってても」

「えっ？」

「今まで会ったこともなかった人だよ。その人がどう思ってようと関係ないよ」

亜沙見《あさみ》は、かもねといいながら目をふせた。

「でも、関係なくはないよ。あたしの半分はあの人でできているんだから」

それからすっと顔を上げた。

「これはあの人への復讐《ふくしゅう》」

「復讐？」

「お姉ちゃんは、あたしの母親はあたしを生んだことで罪《つみ》を負ったの。でもあの人はまだなにも負ってない。だから今度はあたしが死ぬことであの人に罪を背負《せお》わせる。それがあたしの復讐」

「……」

「あたしが生まれてきた意味はこれだったんだって思う」

「そんなの」

「音羽《とわ》をまきこんじゃいけないってわかってた。だれかをまきぞえにしたら絶対《ぜったい》にいけないことなんだって。でも」

泣きそうな顔で、亜沙見は笑った。

「さっき音羽がいいよっていってくれたの、うれしかった。うん。すごくうれしかった」

亜沙見……。

「だからもういい。あたし、音羽のこと殺したくない」

入り口の席から、楽しげな笑い声が響《ひび》いた。

「そんなの勝手すぎる……。なんで、なんで亜沙見は」

テーブルのうえに置いている亜沙見の手がこきざみにふるえていた。

「きて」

あたしは立ち上がると、亜沙見の手をつかんだ。

店の外にでると、街のなかはさっきと同じように人でいっぱいだった。あたしは亜沙見とはぐれないように、手を強くつかんで人と人の間をすすんだ。

「痛《いた》いよ」

亜沙見《あさみ》が手を離《はな》そうとしたけど、あたしは離さなかった。

「どこにいくの？」

どこに？　この街にあたしたちがいく場所はない。だって、あたしたちはまだ家と学校のある、あの小さな世界でしか生きていない。

その小さな世界にいたって、あたしたちにはわからないことだらけだ。個性《こせい》が大切だなんていいながら、決められた制服《せいふく》を着せられて型にはめられていることも、人と比較《ひかく》するなといった口で、勉強をしなければ勝てないとつばをとばす大人も、バスも電車も大人料金なのに、いつまでも子どもあつかいされることも。うそをいってはいけないといいながら、大人は平気でうそをつくことも。約束はどうせ守られないのだとさとった顔をしながらなお、約束をせまることも。泣きたいのに笑って、さみしいのに怒《おこ》ってしまう自分も。

わからないことだらけのなかで、いくつもの矛盾《むじゅん》のなかで、みんな生きている。

それがいいことなのかどうか、そんなことすらわからない。

亜沙見は、生きている意味が必要だといった。自分が生まれたことも、生きていることも、死んでいくことも、なにか意味をつければ安心できる。たとえしょうもない自分だったとしても……。

まちがってない。亜沙見のいっていることはまちがってはいない。

だけど、それはずるい。

生まれることも死んでいくことも、そのこと自体に意味なんてない。だって、それは本人の意志《いし》でどうにかできるものではないから。

だから、もしも意味を求めるとしたら、生きていく意味だ。

けどそれは、人に求めるものじゃない。生きる意味は、自分が求めていくものだ。

歩道橋をかけあがって、手を離した。

下を走る車の振動《しんどう》か、足元が微妙《びみょう》にゆれている。

あたしは、亜沙見に死んでほしくない。死なせたくない。死なせない。

「亜沙見《あさみ》、あたしは死なないよ」

「うん」

足の下でブレーキ音がして、はげしくクラクションが鳴った。

「亜沙見も死なない」

「……それは、音羽《とわ》が決めることじゃないよ」

「じゃあだれが決めるの」

あたしがいうと、亜沙見はキッとにらんだ。

「自分のことは自分で決める」

「一緒《いっしょ》じゃん」

「なにが？」

「亜沙見が生きる理由は、だれかに決められることじゃない。亜沙見自身が決めることじゃん」

「そんなの」

「あたしだってないよ。そんなものがあるかどうかだってわかんない。だけど、ほら」

亜沙見の手のひらを、あたしの胸《むね》にあてた。

どくん、どくん、どくん
「心臓《しんぞう》が動いてる」

あたしたちの心臓は動いている。血液《けつえき》がからだ中を流れている。あたしたちの意思とは関係なく、からだが生きていくことの営《いとな》みを続けている。生きものはみんなそうして生きている。そこに意味を欲《ほっ》することは、傲慢《ごうまん》だ。それでも人は求めてしまう。傲慢で、とんでもなく欲深《よくぶか》くて、弱い生きものだから。

「お姉さんは、みんなに反対されても亜沙見を産んだんでしょ。亜沙見をえらんだことは、お姉さんが生きる意味だったんじゃない？」

恋人《こいびと》も、友だちも、それまでの生活も全部手放して、家族の形を変えても亜沙見をえらんだ。

まわりの人が産むことに反対したのは、お姉さんのためだ。常識《じょうしき》で考えれば、みんなのいうことのほうが正しいのかもしれない。だけど、お姉さんが守りたかったのは、自分じゃなかった。お姉さんは、おなかのなかにいる赤ちゃんのことだけを考えて、そして守った。それからずっと、姉として亜沙見《あさみ》を見守ってきた。

「あたしはただ、本当のことを知りたいって思っただけ」

「それで、本当を知って、亜沙見は亜沙見を殺すの？」

「……」

「本当ってなに？　お姉さんの本当と、松木《まつき》さんの本当は同じなの？　違《ちが》うでしょ。違うからお姉さんは亜沙見を産んだ。お姉さんの本当から亜沙見は生まれたんだよ」

本当のことも、正しいことも、ひとつじゃない。

「亜沙見の本当はなに？」

「じゃあ、音羽《とわ》の本当は？」

「……今、ここにいること」

「なにそれ」

「生きているから、生きていくんだよ」

もう一度、「なにそれ」と亜沙見はつぶやいた。


鼻の頭が冷たい。日中より空気が深く肺《はい》に流れる気がする。

街道沿《ぞ》いを歩いていると、前から派手《はで》なお姉さんたちが歩道いっぱいに広がりながらこっちにきた。酔《よ》っているのか、必要以上に大きな声でしゃべっている。歩道の端《はし》によけながらすれ違うとき、強い香水《こうすい》の匂《にお》いがした。

通りすぎた後も匂いが残ってる。

「すごいね。あれってマーキングみたいなもんかな」

「わたしの縄張《なわば》りです、みたいな？」

亜沙見は苦笑しながらいうと、ふと足を止めた。

「どうしたの？」

「見て」

亜沙見《あさみ》の視線《しせん》の先に目をやると、間口のせまい雑居《ざっきょ》ビルの横に、チョコレートとポテトチップスにコーラ、それから花とマンガが置いてあった。

「ここで、だれか死んだのかな」

亜沙見は供《そな》え物らしきもののまえにしゃがんだ。

ビルの一階はシャッターが閉《し》まっているけれど、ラーメン屋の看板《かんばん》がかかっている。見上げると、きいたことのある消費者金融《しょうひしゃきんゆう》の会社が二軒《けん》、日焼けサロンと雀荘《じゃんそう》というういかにも不健康そうな看板がずらりと並《なら》んでいた。三階と五階の窓《まど》にはまだ電気がついている。

建物の端《はし》についている街区表示板《がいくひょうじばん》に目をやった。

ここって……。

「もしかしたら、この間、中三の子がとび降《お》りたビルかも」

あたしがいうと、亜沙見が顔を上げた。

「自殺？」

「たぶん」

三週間前、中学三年生の女の子が学校にいく途中《とちゅう》、ビルの屋上から落ちて死んだ。状況《じょうきょう》から考えると事故《じこ》というよりやはり自死、自殺だったのではないかといわれているけれど、遺書《いしょ》がないことから事故と考えられているんだとお母さんがいっていた。そのことがなぜか気になって、亜沙見を探《さが》しているとき、図書館でこの事故のことを調べたことがある。新聞に載《の》っていた小さな記事には、成績不振《せいせきふしん》を苦にして、というようなことが書いてあったけれど、本当のことはわからない。どんなに家族や親しい友だちにきいたところで、それは憶測《おくそく》でしかない。ましてや会ったこともないあたしたちに、彼女《かのじょ》の本当はわかるはずもない。

でも、もしも自殺だったのだとしたら、なぜ死ぬことをえらんだんだろう。この場所をえらんだのはどうして？　なにに悩《なや》んで、苦しんで、絶望《ぜつぼう》してしまったんだろう。彼女の手を引いて、立ち止まらせてくれるだれかはいなかったんだろうか。

「このマンガ、好きだったのかな」

亜沙見がぼそりといった。

「きっとそうだね。あたしもそれ好き」

と、亜沙見《あさみ》のとなりにしゃがんだ。

「あたしも結構《けっこう》好き。……ねえ音羽《とわ》、こわかったかな、とび降《お》りるとき」

「どうだろう」

「あたしは、こわいと思った」

「こわいと思うのが普通《ふつう》だよ」

そうだ。普通はそうだろう。だけど、その普通を越《こ》える一線は、案外身近にあるのかもしれない。一線を越えるトリガーは、きっとだれもが持っている。

亜沙見は供《そな》えられている花に向かって手を合わせていった。

「なんのつながりもないって思ってたけど、あたしたちと同じマンガが好きだったんだね」

「そうだね」

「こんなのつながりっていえるかわからないけど」

うん、とあたしも手を合わせた。

「いっこ違《ちが》いだし、もしかしたら、どこかで知り合いになってたかもしれないよね。ものすごく可能性《かのうせい》低い話だけど」

「でも死んでなかったら、可能性はあった」

「うん」

それが生きてるってことなのかもしれない。

どんなに絶望《ぜつぼう》しても、苦しくても、悲しくてむなしいことだらけの今だったとしても、あたしたちにはまだ見えていない未来がある。それを自分の手で断《た》ち切っちゃいけない。

あたしがしなきゃいけないのは、できるのは、亜沙見と一緒《いっしょ》に死ぬことなんかじゃない。

一緒に生きることだ。

いこう、と立ち上がった。

「亜沙見が納得《なっとく》するまで、あたしは付き合うよ」

そういって伸《の》ばした手を、亜沙見はそっとつかんだ。

あたしたちはだまったまま歩いた。

高いビルの上にきれいな丸い月が見える。車の通りがへってきたせいか、街道はムダに広く感じて、心細いような、でもなんでだろう、懐《なつ》かしい……。

「あたし、こんな雰囲気《ふんいき》のところ知ってるかも」

「亜沙見《あさみ》も？」

思わず立ち止まると、亜沙見も驚《おどろ》いたように「音羽《とわ》も？」といって、唇《くちびる》に指をあてた。

「もしかして、絵本じゃない？」

「絵本？」

「なんていうんだっけ、ほら、子ぎつねの。母ぎつねがトラックにはねられて、荷台にのせられていくんだよね。それを子ぎつねが追いかけていって」

「そうそう、人間の子に化けて町へいくとおまつりやってて、みんなきつねの扮装《ふんそう》しているんだよね。だから子ぎつねのへたっぴな化けかたでもみんな気づかなくて」

「でもひとりの男の子が気づくんだよ。それで一緒《いっしょ》にお母さんを探《さが》してくれるんだけど、見つからなくって」

「あの男の子も、たしか家族がいなくてさみしかったんだよね」

「うん。その最後のページに似《に》てない？」

森に続く道を、男の子と子ぎつねが歩いていくシーンだ。

高い木々《きぎ》が道の両側に並《なら》んでいて、空には大きな月がでて、道をてらしてくれる。ふたりは、そこで別れるんだけど、男の子が森へ会いにいくよって約束する。

「それだ、うん。タイトルは」

…………

「きつねのつきしろ」

「きつねのつきしろ」

あたしたちは同時にいった。

つきしろは、子ぎつねの名前だ。

どうしてこんな都会で、あの絵本を思いだしたんだろう。

空を見上げると、月が半分雲にかくれていた。

「音羽《とわ》、つきしろはまた男の子に会えたかな。男の子は会いにいったかな？」

「たぶんね。あたしはそう思った」

「あたしも」

「……でも、本当に会えるかどうかは、どうでもいいのかもって、いまは思う」

大事なのは大切なだれかがいるってことだから。

さみしくても、つらくても、ふたりはきっと約束をおまもりにして、生きていこうとするはずだから。

「そう、だね」

亜沙見《あさみ》はふっと笑って、小さくうなずいた。

「音羽、スマホ貸《か》して」

「えっ？　うん」

電源《でんげん》を入れて渡《わた》すと、亜沙見はどこかに電話をした。

「もしもし、亜沙見です。心配かけてすみません。いまから音羽と帰ります。はい、大丈《だいじょう》夫《ぶ》です。はい、いま替《か》わります」

亜沙見はスマホをあたしに向けた。

「なに？　だれ？」

「おばさん」

「おばさんって、お母さん？　あたしの？」

スマホを耳にあてると、お母さんの声がした。この前の電話のときのように大きな声じゃなかったけれど、声がふるえていた。

「お母さん」

『よかった。ふたりとも一緒《いっしょ》にいるのね。ケガとかしてない？』

「うん、大丈夫」

『いまどこ？』

「えっと、ここどこだろ」

『とにかくタクシーに乗りなさい。お母さんマンションの下で待ってるから。いい、わかった？』

「うん」

電話を切って、大きく息をついた。

「どういうこと？」

「こういうこと。うまくいえないと思ったから、おばさんに電話したの」

「意味わかんないんだけど。あたしは亜沙見《あさみ》に付き合うつもりで」

うん、亜沙見は一度大きくうなずいた。

「だから、帰ろうって思った」

「……」

「いくところなんてないし。あたし、ずっといいわけしてた。死なないいいわけ」

「亜沙見」

「簡単《かんたん》じゃないんだよ、自分を殺すって」

「うん」

「……あたしは、自分を殺せない」

道路の向こうにトラックが二台とまって、運転手らしき男の人たちがラーメン屋に入っていった。

「家に帰るのはこわいし、あの人たちと前と同じように暮《く》らすのは無理だって思う。だけど、やってみる」

あたしは小さくうなずいた。

「うそつくの、あたし結構《けっこう》得意だから。あ、それはあの人たちも同じか」

「へんなの。でもあたしは、亜沙見のつくうそはきらいじゃないよ。おじさんやおばさんのついたうそも」

亜沙見はふっと笑った。

マンションの前には、お母さんと亜沙見《あさみ》のおじさんとおばさんがいた。お母さんも疲《つか》れた顔をしていたけれど、その何倍も亜沙見のおばさんはやつれて見えた。四日間、本当に亜沙見のことを心配していたんだ。それは亜沙見にもわかったんだと思う。タクシーから降《お》りた亜沙見にかけよって、泣きながら抱《だ》きしめるおばさんの腕《うで》を亜沙見ははらおうとはしなかった。その横でおじさんも唇《くちびる》をふるわせていた。

お母さんは大きく息をついて、あたしの肩《かた》に腕をまわしながら手のひらで頭をぽんとした。

「本当にあんたたちは」

「ごめん」

「でも信じてたけどね、音羽《とわ》のこと」

顔を向けると、お母さんは目じりにしわを作った。

「必ず帰りますって書いてあったから」

お母さん……。

「いつとはいえないけどっていうのは、反則《はんそく》だけどね」

「だよね。ごめん……ありがと」

お母さんはふっと笑った。

「結局ね、信じることしかできないってことなんだけどね」

親ってそんなもんよ、ってお母さんはいった。

あんな短いメモみたいな手紙一枚《まい》、たった六文字の「必ず帰ります」のことばだけで、
お母さんはあたしを信じてくれた。それってものすごく、すごいことかもしれない。

そう思ったとき、からだの奥《おく》がどくんと脈打った。

だから、あたしはお母さんをうらぎれない。うらぎりたくないんだ。

「音羽」

亜沙見の声に顔を上げると、おばさんとおじさんの間に立って亜沙見があたしを見ていた。

大丈夫《だいじょうぶ》?

声にださず問いかけると、亜沙見はちょんとうなずいた。

亜沙見《あさみ》のおじさんとおばさんが、あたしとお母さんに向かって頭を下げた。

「帰るね」

「うん。じゃあ月曜日」

「うん、月曜日ね」

亜沙見たちが角をまがるまで、あたしとお母さんは三人のうしろ姿《すがた》を見送った。

「亜沙見、大丈夫《だいじょうぶ》だよね」

「大丈夫。亜沙見ちゃんは音羽《とわ》を信じて、音羽は亜沙見ちゃんを信じたから帰ってきたんじゃないの」

あたしは、亜沙見を信じることができた。そうだ、きっとそう。だから亜沙見もきっと。

大丈夫。大丈夫。大丈夫。

あたしたちは強くなれる。信じてくれる人がいるから。信じたいと思う人がいるから。

それが、あたしたちのおまもりになる。

あたしはお母さんの肩《かた》に頭をそっとあてた。

6

「おはよう！」

子守坂《こもりざか》の銀杏《いちょう》の木の下にいる亜沙見に手をふって、軽く地面をけった。

「おはよ。音羽、朝から元気だね」

「そう？　普通《ふつう》だよ、ふつー」

あたしはスクールバッグを肩にかけ直して「いこっ」と亜沙見の隣《となり》に並《なら》んだ。

数日ぶりだけど、制服姿《せいふくすがた》の亜沙見を見るのはすごくひさしぶりに感じる。

「あれからどうした？」

「うん。話したよ、昨日」

「そうなんだ」

「うん」

どんな話をしたんだろう。

ちらと亜沙見《あさみ》を見たけれど、あたしはきかなかった。きかない理由は、まえとは違《ちが》う。

「音羽《とわ》は？　怒《おこ》られなかった？」

「そりゃあそこそこはね。でもあたしの場合、家出っていっても未遂《みすい》みたいなもんだし。お母さんは昨日も仕事で、朝は話す間もなくでかけちゃったからね。で、あたしはお母さんが帰ってくるまでに、部屋中掃除《そうじ》して、ベッドのシーツを洗《あら》って、お風呂場《ふろば》もトイレもぴかぴかにして夜ごはんに生姜焼《しょうがや》きまで作っておいたわけ」

「すごいね」

「でしょ。母親の怒る気をそぐにはこれくらいは」

あたしがいうと、亜沙見はくすりと笑った。

「そんなこと思ってないくせに」

「思ってるよ。でもまあ心配もかけたし。ちょっと罪滅《つみほろ》ぼしってのもあったかな」

「音羽っぽいよ、そういうとこ」

「ちょっとばかにしてるでしょ」

あたしが頰《ほお》をふくらませると、亜沙見は「してないしてない」と笑った。その横を、木《きの》下《した》さんが足早に追い越《こ》していった。

「おはよう、木下さん」

声をかけると木下さんは一度軽くふり返り、あたし、亜沙見の順に視線《しせん》を動かして、

「おはよう」とだけいうとそのままいってしまった。まっすぐに背中《せなか》の伸《の》びたうしろ姿《すがた》が
いかにも木下さんらしい。

「ぶれないなー、キノコって」

亜沙見が苦笑しながら肩《かた》を上げた。

「キノコって木下さんのこと？」

「うん、小学校のときはそう呼《よ》ばれてた」

「木下《きのした》だからキノコって、やだ、かわいいじゃん。今度からあたしもキノコって呼ぼうかな」

「それはやめた方がいいかも」

「なんで？」

「キノコって、名前っていうより髪型《かみがた》でついたあだ名だから。あ、でも嫌《いや》そうだったわけじゃないんだよ。あのキャラは変わんないし。けど中学になって、木下さんが髪《かみ》を伸《の》ばしはじめたときに、もしかしたらキノコっていわれるの嫌だったんじゃないかって思ったの。さっきはついいっちゃったけど」

「そう、なんだ」

木下さんとは、あたしも亜沙見《あさみ》もとくに仲がいいわけでもない。あんまり笑わないし、感情《かんじょう》を表《おもて》にださないし、機嫌《きげん》がいいのか悪いのかもわかりにくくて、ちょっとつきあいにくい人っていう印象でしかなかった。

「いってくれなきゃわからないことっていっぱいあるのに。圧倒的《あっとうてき》にことばがたりないんだよね、あの子」

「そうだね。でも、木下さん、亜沙見のこと心配してたと思うよ」

うん、と亜沙見はうなずいた。

「一度、声かけられたんだ、あたし」

「にらまれたっていってた」

あたしが笑うと、亜沙見は少してれたように舌《した》をだした。

「びっくりしたんだよ、いきなり声かけてくるから」

「だろうね。でも、本当に心配してたと思うよ」

「……そうだね。そういうおせっかいなところは、遺伝《いでん》なのかなぁ」

「遺伝？」

「ほら、木下さんのお父さんって牧師《ぼくし》でしょ」

「牧師？」

「そうだよ、西口にあるパンダ公園のうらに教会あるでしょ。そこの牧師さん」

「だって」

だって、木下《きのした》さんのお父さんは刑務所《けいむしょ》にいるって。たしかにちいちゃんたちはいってた。

しかも木下さんがいってたことだって。

「毎週刑務所にもボランティアでいってるんだって」

ボランティア。ああ、ああそれで。

急におかしくなって、笑いがこみ上げてきた。一度笑いだすと止めることができずにおなかがよじれた。ばかみたいに笑うあたしを見て、亜沙見《あさみ》がとまどっているのがわかる。

本当にあたしって……。

「ねえ亜沙見、あたしたちって面倒《めんどう》くさいよね」

亜沙見はくすりと笑った。

世の中は複雑《ふくざつ》だ。複雑で、わからないことばっかりだ。だからあたしたちはいつも迷《まよ》ってる。迷いながら、まちがえながら、それでも自分が信じようと思う一歩をふみだしていく。

「音羽《とわ》、あたし、高校は寮《りょう》のあるところにいくつもり」

「へっ？」

「あの人たちはあたしのことを本気で心配してくれて、大事に育ててくれてるってわかってる。でもだから、かな」

亜沙見は、自分のことばを咀嚼《そしゃく》するように、こくんとうなずいた。

「しばられるのはやめようと思って」

「しばられるってだれに？」

「あたし自身」

車のタイヤの音にまじって、踏切《ふみきり》の警報音《けいほうおん》がかすかにきこえてきた。

「あたしは、ちゃんとあたしになりたい。自分に、よしっていえる自分になりたいの。ううん、なろうと思う」

足元の枯葉《かれは》を、風が転がした。

「だからこれからちゃんと勉強して、いきたい高校へいけるようにがんばる」

「そっか」

空を見上げて大きく息をした。

薄曇《うすぐも》りの、白い空がどこまでも広がっている。

あたしの一歩はどこへ向かっていくだろう。まだなにもわからないけど、あせってはいない。だって、時間はたくさんあるから。

新聞屋さんの角からスクールバッグをリュックのように背負《せお》った男子がかけだしてきた。

「もしかして遅刻《ちこく》？」

あたしと亜沙見《あさみ》は顔を見合わせた。

「走るよ」

待ってよー、という亜沙見の声を背中《せなか》にききながら、あたしは地面をけった。

いとうみく

神奈川県に生まれる。作品に『糸子の体重計』(日本児童文学者協会新人賞受賞/童心社)、『空へ』(日本児童文芸家協会賞受賞/小峰書店)、『二日月』(そうえん社)、『ぼくはなんでもできるもん』(ポプラ社)、『チキン!』(文研出版)、『カーネーション』(くもん出版)、『ぼくらの一歩　30人31脚』(アリス館)など多数。YAから幼年童話まで、精力的に執筆している。季節風同人。

teens' best selections 49

トリガー

いとうみく

発行　2018年12月　第1刷
　　　2019年11月　第2刷

発行者　千葉 均
編集　荒川寛子
発行所　株式会社ポプラ社
〒102-8519　東京都千代田区麹町4-2-6　9F
電話　（編集）03-5877-8108／（営業）03-5877-8109
ホームページ　www.poplar.co.jp
印刷　中央精版印刷株式会社
製本　株式会社ブックアート

ISBN978-4-591-16073-2　N.D.C.913　212p　20cm　Printed in Japan

装丁／城所潤　装画／日端奈奈子

P8001049

teens'best selections の本

僕は上手にしゃべれない

椎野直弥

小学校の頃から吃音に悩んできた主人公・柏崎悠太は、中学入学式の日、自己紹介のプレッシャーに耐えられず、教室から逃げ出してしまう。なんとかしたい思いから、「誰でも上手に声が出せるようになります」という部活勧誘チラシの言葉にひかれ、放送部に入部する。クラスメイトで同じ新入部員女子や、優しい先輩、姉など周囲の人に助けられ、途中くじけながらも少しずつ変わっていく悠太の、葛藤と成長の物語。

teens' best selections の本

きみのためにはだれも泣かない

梨屋アリエ

中1の松木鈴理は、自転車で転びそうになったひいおじいちゃんを助けてくれた高校生の近藤彗を、運命の人だと思った。彼は同学年の近藤光の兄で、湯川夏海という想い人がクラスにいるらしい。その湯川夏海はいま恋愛より、親友の野上未莉亜が心配でたまらない。爽やかイケメンの山西達之と付き合い始めてからの変化に、なんだか嫌な予感がしていて……。高校生7人＋中学生3人、それぞれの真剣な想いに共感する青春ストーリー！